ひとつ屋根の下の殺人

酒本 歩
Sakamoto Ayumu

原書房

ひとつ屋根の下の殺人

主な登場人物

山咲可奈（ヤマサキ　カナ）　高校二年生
山咲圭一郎（ヤマサキ　ケイイチロウ）　可奈の祖父
庄司康平（ショウジ　コウヘイ）　可奈の担任教師
小宮山敬吾（コミヤマ　ケイゴ）　コンビニ店長

小堺悠人（コサカイ　ユウト）　経営コンサルタント
小堺樹（コサカイ　イツキ）　悠人の娘
三村晴美（ミムラ　ハルミ）　悠人の隣人
降田三郎（フルタ　サブロウ）　悠人のクライアント

木村夏美（キムラ　ナツミ）　可奈の近所に住む女性
有馬健太（アリマ　ケンタ）　人材派遣業
飯沼賢治（イイヌマ　ケンジ）　上田警察署刑事課　強行犯係　係長
鴨志田正毅（カモシダ　マサキ）　同　鑑識係　係長
南原花音（ナンバラ　カノン）　同　鑑識官
岡部星之助（オカベ　セイノスケ）　同　鑑識官
宮野耕介（ミヤノ　コウスケ）　同　地域課　交番巡査

プロローグ

「こぉー、こぉー」

自分の息づかいが暴風のように聞こえる。口で呼吸をしていた。息を止めて耳を澄ませる。近くの道を走る車のエンジン音が聞こえるが、家の中は物音一つしない。

誰もいない、誰も見ていないと自分に言い聞かせる。廊下に立って襖《ふすま》を少しだけ開けた。部屋は薄暗い。畳の部屋には布団が一組敷かれただけだ。身体が入れる分だけ襖をそっと滑らせる。蛍光灯は点いていない。窓には厚いカーテンが引かれている。

掛け布団は身体の形に膨《ふく》らんでいる。端から覗いている顔をじっと見下ろした。

音を立てないように部屋に入り、後ろ手に襖を閉めた。

第一章　今日はいないみたいだ

1　【山咲可奈】　12／15（月）　PM2：08

足元から耳障りな音がした。

自転車の右ペダルを踏み込むときに、チェーンカバーの辺りから聞こえてくる。ペダルかチェーンがどこかに触れて擦れているのだろう。ペダルが一回転するごとに微《かす》かに軋《きし》るが、可奈は気にせずに走った。

自転車に乗って病院から家に帰るところだった。緩やかな上り坂の両側に住宅と町工場が点々と建っている。工業用の油の臭いがした。収穫の済んだ畑の先に目をやると、紅葉が終わった山の間から純白の雪をかぶった頂が鋭く覗いている。

北アルプスだ。地理の授業では飛驒《ひだ》山脈と習ったが、可奈は北アルプスという響きが好きだった。あの白い頂は槍《やり》ヶ岳。登山が趣味の人には憧れの山らしい。

足元から聞こえる摩擦音が時折、大きくなる。

「ちょっと我慢してよ。あとで直してあげるから」

愛車に宥《なだ》めるように言って、ペダルに置いた足の位置を変えてみた。外側に右足を置いて踏み下ろすと音はしない。やはり角度によって微妙にどこかが擦れるようだ。

簡単な修理なら可奈にもできる。工具箱のペンチやドライバーは使い慣れていた。駅前の自転車屋に行けば、チェーンカバーを外したりして直してくれるだろうが、自分でやってみようと思った。

可奈は人に頼らないことに決めていた。人に頼むのは面倒だし、少なからずお金がかかってしまう。

ただし、自転車は暮らしの必需品だ。しっかりケアしてあげなければいけない。ハンドルの下に貼ってある自転車通学許可シールに目をやる。可奈の高校の生徒はほとんどみんな自転車で通学している。

しかも可奈の家には自動車がない。病院もそうだが、バイト先のコンビニやスーパーに行くのにも家から一キロは離れている。自転車がないと大変だ。スーパーで買った米を持って坂道を歩くのはきつい。

それに出かけた途中でチェーンが外れたりして動かなくなったら目も当てられない。そのまま夜になれば冗談ではなく遭難の危機だ。

以前は祖父の自転車を借りていた。祖父はもう乗らないから可奈が使っても問題ないのだが、あの変速ギアもないレトロな自転車には恥ずかしくて乗る気にならなかった。**捨ててしまいたいのだが、そのままにしていた。**

自転車は引き取り無料の粗大ゴミにならないだろう。専門の業者に引き取ってもらうことになれば、もちろん有料だ。

可奈はハンドルをぽんぽんと叩いた。このシティサイクルはバイト先の初任給で買ったものだ。自転車屋の店員に、アウトレット価格で割安だと言われて思い切った。

バイト代で買った自転車でバイトに行く。

こういうの、なんて言うのだろう。自給自足？　地産地消？　ちょっと違う。

本当はもっとデザイン性のあるおしゃれなタイプにしたかったのだが、学校で目立つのは嫌だった。頑丈なこの自転車を選んだのは正解だったし、シルバーの車体は地味だけれど、日の光を鮮やかに弾くのも気に入っていた。

この子は可奈のために活躍してくれている。大切にしてあげなければ。

ガソリンスタンドが見えてきた。あの角を曲がると可奈の家はすぐだ。ここまで来ると店や人家もまばらになって、すれ違う人も少ない。道ばたに雑然と並ぶお墓を通り過ぎた。余計に寂しい気配が漂う。

林や草原が多くなり、街ゾーンから里ゾーンに入った感じがする。

可奈は深呼吸した。吐く息が白い。まだ約束の時間までは余裕があるし、用意もちゃんとしてある。胸のポケットには封筒が入っていた。

当然のように言われたが考えてみたら必要なのだろう。

角を曲がると、正面に山が迫ってくる。ほとんど山道と言ってもいい未舗装の道の先に、エプロン姿の女性が見えた。可奈の家の前に立っている。約束した人じゃない。

女性の黄色いエプロンの肩紐にはフリルがついている。トレーナーを着ているみたいだが寒くないのだろうか。今日はよく晴れていて日差しが暖かいとはいえ十二月だ。明後日の十七日には初雪が降るという天気予報が出ていた。

可奈は包帯をしていない左手でダッフルコートの襟を掻《か》き合わせた。エプロンの人は可奈の家を見つめて立ち続けている。うちに用があるのだろうか。

こういう時、なんて声を掛けるんだろう。もしもし？　何か？　やっぱり、あのうかな。自転車の音に気がついたのか、はっとしたように振り向いた。**リースにしたヒマワリの絵が可奈の目に飛び込む。派手なエプロンだ。**

「ああ、よかった。帰ってきて」

身を揉《も》むようにして駆け寄ってくる。丸くて愛嬌《あいきょう》のある顔に見覚えがあった。

「あ、木村さん」

可奈は人の顔を覚えるのが苦手だったが、引っ越しの挨拶をされたのを思い出した。一週間ほど前、可奈の家の三軒隣に建つアパートに引っ越してきた。木村夏美と自己紹介されて、のしのついたタオルをもらった。引っ越しの挨拶をされたのは初めてだった。

可奈の住む上田市は長野県東部にある人口十五万の地方都市だ。引っ越してくる家族も出ていく人もそれなりに多い。そのアパートにも、引っ越し業者の車が停まっているのを何度か見かけた。近所付き合いはほとんどなかったけれど。

夏美は人懐こいのか、やたらと話し掛けてくる人だった。初めて挨拶されたときも、学校に行こうと急いでいるのに、**さも自分で名前をつけたように「夏が好きで、夏美って名前にしたくらいだから冬は苦手なの」と話し続けた。**

「長野は雪も降るんでしょ。前に住んでいたのは岡山なんだけど、瀬戸内海の方だから雪は降らなくて」と世間話に延々、付き合わされて遅刻するところだった。

その夏美は唇を舐《な》めている。三十歳前だろう。百六十センチある可奈より少し背が低い。

「あの、どうかしましたか」

「山咲さん。お宅が大変よ」

「えっ、大変って」

可奈は自転車に乗ったまま二階建ての家に目をやった。

「落ち着いてね。冷静に。あたしにできることがあったら、何でも言ってね」

「ちょ、ちょっと、すいません。私、わけがわかりません」

夏美はしきりに瞬《またた》きをしている。

「あっ、そうよね。あたしったら、ごめんなさい。おじいさんが……」

おじいさんが？　おじいさんが何だって言うの。

「とにかく自転車から降りて」

可奈の腕を摑《つか》もうとした夏美が手を止めた。

「その手、どうしたの。大丈夫？」

可奈は病院で右の手首に包帯を巻いてもらっていた。

「ちょっと転んじゃって。それより何が」

「そうね、そうよ。家に入りましょう。警察の人がいるから」

「警察？」

はす向かいの空き地に見慣れない車が二台駐めてあった。警察の車だろうか。可奈は足がすくんで自転車から降りることができない。

「あの、何があったんですか」

「おじいさん、亡くなったのよ」

可奈は口に手をあてた。心臓が早鐘のように鳴る。

いったい、どういうこと。どうしておじいさんが死んでいるの？　それって……。

可奈は自転車のスタンドを立てて、玄関の戸に手を掛けた。中で男の人の声が聞こえる。

「大丈夫？　気を強く持ってね」

すぐ隣で夏美が覗き込むようにしていた。近いと思った。古い引き戸はがらがらと音を立てる。開けると交番の制服を着た巡査が立っていた。

「おまわりさん」

巡査は「あっ」と驚いた顔をする。若い巡査とは顔見知りだった。バイト先のコンビニと団地の間にある交番の巡査だ。店の見回りをしてくれて、可奈もバイト中に何度か顔を合わせている。

「この家の人でしたか」

「はい、私、山咲可奈です。おじいさんは」

「ちょっと待ってください」

巡査は祖父の部屋に声を掛けた。

「飯沼係長、ここの娘さんが帰ってきましたよ」

「おう、聞こえてる」

返事と一緒に部屋から黒いスーツを着た男が顔を出した。瞳と眉の間が狭く、きりっとしている。鼻筋は高く薄い唇。ドラマに出てくるようなイケメンだった。夏美がそわそわしているのがわかる。

「耕介、お嬢さんを知ってるのか」

「はい、山咲さんがバイトしてるコンビニはパトロール先なので」

「そうか、仕事熱心で感心だな」

ニキビの目立つ頰が紅潮した。

「テープを張ってきます」

耕介と呼ばれた巡査は入れ替わりに玄関を出て外に行く。

可奈は店でレジをしているときに、あの巡査に助けてもらったことがある。釣り銭をコイントレイに置いたら、男性客に「ちゃんと手に載せてほしいんだけど」と言われたのだ。

酒臭い男に頭を下げて「すいません。トレイに置くように指導されています」と答えると「俺の手が汚いって思ってるんだろ。馬鹿にするなよ」とキレられた。一緒にシフトに入っていた先輩はゴミを出しに行って、店内には可奈しかいなかった。

可奈は怖くて何も言えずに立ちすくむだけだった。身の危険を感じた。その酔っ払いを宥《なだ》めてくれたのが店の前を通りかかった耕介巡査だった。それ以来、パトロールの頻度を増やしているのだとは思うが、耕介巡査と顔を合わせることが多くなった。

何度か話し掛けられて、ひょっとして好意を持たれているのではないかと思い始めていた。可奈は、自分の容姿は人並みだと思っているが、男の視線を感じることはよくある。

中学の時の友人には、「可奈ってそういう雰囲気があるんだよね」と言われたことがある。そういうというのが、どういうことなのかは可奈にはわからないし、興味もなかったが。

黒スーツの男は警察手帳を出した。男の上半身の写真と金のバッジがついていた。

「上田警察署の飯沼といいます。山咲圭一郎さんのお孫さんですね」

「はい」

飯沼は一息ついてから白い手袋をはめた両手を合わせた。

「おじいさんはお亡くなりになりました。事件に巻き込まれたと思われます」

「そんな……」

飯沼の「ご愁傷様です」と言う声が遠くに聞こえる。

ふらついた。立ちくらみだ。

「しっかり」

夏美が腰に手を回して支えてくれる。

「大丈夫です」

可奈は靴箱に手をかけて、夏美の手をそっと外した。飯沼は襖の閉まった部屋に声を掛ける。

「おーい、玄関はもういいか」

「イーさん。写真、足跡、指紋、すべて済んでます」

部屋の中から答える男の声がした。抑揚がちょっと変だ。夏美が「イーさんだって」と囁《ささや》く。

「可奈さん、気を強く持とう。そこに座って」

飯沼は上がりかまちの玄関マットを手で示す。教師のような言葉遣いになっていた。

「おじいさんは……どんな状態なんですか」

可奈は立ったまま聞いた。

「首に紐を巻かれた跡があってね」

呼吸が苦しくなる。

「中には入れないんですか」

「現場を検証してるところなんだ。手掛かりを探している」

閉め切った部屋の中で誰かが動く気配がする。

「鑑識官だよ。それほど長くはかからない。先月、長野市で強盗殺人事件が起きたのは知ってるかな」

「知ってますけど、その犯人がうちに？」

その事件のことはニュースで聞いていた。住宅街の家に忍び込んで大金を盗んだ上に、家の人を殺した。殺されたのは資産家で一人暮らしのお年寄りだったと思う。

しかし可奈の家は古びた一戸建てだ。**ご近所にも見当たらないほどの古さで、可奈もいつ建てられたものか知らない。**

少し歩けば山林が広がるような場所にある。駅の方には新しくて大きな家がいくらでもあった。

「うちは見た通り貧乏ですから。強盗が入るような家じゃありません」

可奈は進学してすぐに学校にアルバイト申請をした。担任教師の庄司は、学校生活に影響がないかと心配そうだったが、家の事情を話して了解してもらった。遊ぶお金がほしいのではなく、シンプルに生活が苦しいのだ。

団地の近くにあるコンビニに、アルバイト募集の張り紙がしてあるのを知っていた。面接を受けたら店長に「明日からでもいいよ」と採用してもらえた。

少しずつシフトを増やして、今は平日が十七時から二十時まで、休日は半日、働いている。

「**のこり少ない君の高校生活をヤングケアラーのまま終わらせたくないんだ**」

若くて女子生徒に人気のある庄司に言われたことを思い出した。

飯沼が手帳を開いて「いいかな」と可奈を見る。可奈は現実に引き戻された。

「こちらのお宅は、可奈さんと圭一郎さんの二人暮らしだね」

「はい、そうです」

「圭一郎さんは寝たきりだったのかな」

「はい……」

可奈はまた眩暈《めまい》がしそうで額に指を当てた。夏美が玄関マットの上のスリッパをどかす。

「座りましょうよ。このマットに、ね」

可奈はそっと腰を下ろす。脇の下にじっとりと汗をかいているのは、坂道を自転車で上ってきたからだけではない。可奈はコートのボタンを外した。

夏美が隣に座り込む。エプロンが広がって床にヒマワリが咲いた。

「イーさん、話の前に指紋、いいですか」

祖父の部屋から、紺の制服を着た男が廊下に出てきた。襖はすぐに閉められて部屋の様子は見えなかった。男の袖に通した腕章には鑑識と書かれている。

「ああ、そうだな」

飯沼が横にどいて場所を空けた。鑑識の男が廊下に膝をつく。帽子をかぶり、手袋と足カバーをつけている。マスクの上の一重まぶたの目尻が少し下がり気味だ。耳から頬にかけて斜めの傷跡がある。

「鴨志田といいます。すいませんがお二人の指紋を取らせてもらえますか。犯人と区別するためですから」

B4ほどのボードに、指と手のひらを押す場所が区切られた紙が挟まっている。紙には『協力者指掌紋票』と書かれていた。

2 【小堺悠人】 12／12（金） PM1：16

「わん」と鳴き声がした。ココアだ。悠人は壁に掛けた時計に目をやった。文字盤の中央にBM

Wのエンブレムがあしらわれている。高級外車の代名詞、ＢＭＷの青と白で四分割された円のマークは、青空と雲をモチーフにしている。

「あれ、もうこんな時間か」

椅子を引いて立ち上がった。午後一時を回っている。ココアにご飯をあげる時間だった。悠人は作業に集中すると音が耳に入らなくなる。今日はクライアントに納品するレポートの仕上げに入っていたから、ココアはしばらく鳴いて訴えていたのかもしれない。悪いことをした。

仕事部屋を出てココアがいるリビングのドアを開けた。茶色いぬいぐるみのようなダックスフントが膝に飛びついてきた。期待に満ちた顔で尻尾を振っている。

「ごめん、ごめん。ご飯だよな。ちょっと夢中になっちゃって」

タッパーを取り出そうと冷蔵庫の方に歩いた。**大事な公安委員会からの通知が扉にマグネットで留めてある。**忘れないようにと貼ったのだが、見るたびに嫌な気分になる。

タッパーに入れたササミを電子レンジで温めた。その間に二種類のドッグフードをブレンドして皿に入れた。ひとつはシニア犬用の総合栄養食、もう一つはダイエット用だ。時々フードを変えたり、ブレンドしたりして工夫しないと飽きて食べなくなってしまう。

ササミの匂いがレンジから漏れてきて、ココアはもう待てないとでも言うように、悠人の膝を前足で押す。

「はいはい、もうすぐだからな」

ココアの激しく動く尻尾の付け根を指でトントンして、腹を掻いてやった。お腹が温かい。チンと音がして悠人はレンジに戻る。ココアが足元にまとわりつく。

「こら、危ないって」

ササミをほぐしながらドッグフードに混ぜた。ちゃんと混ぜないとササミばかり食べてしまうのだ。そうかと言ってササミを混ぜないでドッグフードだけだと、見向きもしないのだからやっかいだ。

老犬で食が細くなったこともあるのだが、若い頃は一日二度だった食事を朝昼晩の三度、少しずつあげている。手の掛かるわんこに育ってしまった。

「俺より先に食べるし、贅沢《ぜいたく》だよなあ、お前は」

ゆで汁が熱くないのを確認して、上からかけ回すとココア用スペシャルフードができあがりだ。期待に身を震わせて待っていたココアのトレイに皿を置いた。「よし」という声と同時に皿に鼻を突っ込む。

以前は「お手」とか「待て」とかをしていたのだが、焦《じ》らすのが可哀想で、すぐにあげるようになった。

広い窓に面したソファに座って、ココアがご飯を食べるのを眺めた。朝からレポート作成に没頭していた悠人の、緊張してささくれた神経が柔らかくほぐれていく。何気なくカレンダーを見た。十二月十二日、金曜日。赤丸がしてある。

「おっ、ゴミの日じゃないか」

リサイクルゴミを出す日だ。先週はうっかりしてしまった。

「ココア、教えてくれたのか。えらいぞ、助かった」

勝手口の脇に置いたプラスチックとビン缶分別用のゴミ箱から袋を取り出した。八時半までに集積所に出すのが決まりだが、この辺はリサイクルゴミの収集は昼過ぎ、ちょうど今ごろになる。

「ちょっと行ってくる」

ココアはご飯が佳境で目もくれない。悠人は玄関ドアを開けて外に出た。外気が冷たい。パーカーのチャックを上げた。

カーポートにはブルーのＢＭＷが駐車してある。一目見てＢＭＷだとわかるフロントグリルが悠人を誘うようだ。左右対称の丸みを帯びたデザインは、キドニーグリルと呼ばれる。キドニーとは腎臓のことだ。左右に二つ並んだところが腎臓を連想して名付けられたらしい。

車を買い換えるときにベンツと迷ったのだが、金持ち臭を周囲に振りまくようなベンツよりも、ＢＭＷの方が起業家の自分に合っていると思って購入した。スポーティな走り心地と、乗るだけで感じるステータス。今では、すっかり気に入っている。

「そうだ、タイヤ交換しないとな」

今年は暖冬だが、長野の冬は東京とは違う。来週の水曜日あたりには初雪らしい。そうなったら路面は凍結するだろう。スタッドレスタイヤに履き替えること。悠人は頭の中にメモして、ゴミ集積所に向かおうとした。

「小堺さん」

隣の玄関から奥さんが出てきた。

「ああ、三村さん。こんにちは」

三村はためらうように間を置いてから、口を開いた。

「あの、言いにくいんですけど……」

三村は悠人の家に目をやった。視線の先に高い木がある。シマトネリコの枝がフェンスを越えて、三村の家の敷地にまで伸びていた。剪定《せんてい》するのが面倒で放っておいたら、また伸びている。

シマトネリコは一年中、緑の葉が茂り目隠しにもなるので人気なのだが、成長が速すぎるのが難点だ。

「枝ですか。ちょうど切ろうと思ってたんですよ」

「いえ、それもあるんですけど、そうじゃなくて」

三村は顎に片手を当てた。枝でなければなんだと言うのだろう。三村は悠人が出てくるのを待ち構えていたようだ。普段着の上に紺色のダウンジャケットを羽織っている。

「ワンちゃんの吠え声、なんとかなりませんか」

「あっ、うるさいですか」

そっちだったたか。

「ええ、朝とか夜に鳴かれると、子どもが起きてしまうんで」

「すいません。でもお宅のお子さんもうるさいですよ」

三村は「まあ」と言うように口を丸く開けた。三村の家は夫と小さい男の子の三人暮らしだ。

「私もね、家で仕事してますから、お子さんに泣かれると、そのたびに集中力が途切れてしまうんですよ」

「でも子どもは仕方がないでしょう。まだ何もわからないんですから」

「犬もそうですよ。言葉にできないから鳴いて伝えようとするんです。犬の知能は人間で言うと二、三歳だそうですから、お宅のお子さんと同じくらいです」

三村は目をむいた。

「うちの子と犬を一緒にしないでください」

「いやいや、同じ命じゃないですか。大切にしましょうよ」

「何を言ってるのか……」

「三村さん。ご忠告しておきますが、犬の生きる権利をないがしろにすると、動物愛護協会に注意されますよ」

三村は唇を嚙《か》んだ。言葉が出て来ないのだろう。

「まあ、お互い様と言うことで」

悠人は笑いかけたが三村は憤然として家に戻っていく。

「枝は切っておきますから」

三村は振り向きもせずに玄関ドアを開けて入ってしまった。

よし、勝った。

悠人は黄色いリサイクルゴミ用の袋を持ち直して集積所に歩いた。悠人は高校では弁論部、大学では演劇サークルに入っていた。討論では負けない自信がある。話をはぐらかす、論点をすりかえる、妥協したように見せて逆襲する。テクニックはいくらも持っている。

こうしてみると学生の頃の経験が実生活の役に立つこともあるものだ。


「終わったあ」

悠人はPCの前でガッツポーズをした。デスクトップ画面に貼り付けたエクセルとパワーポイント、二つのファイルをしみじみと見つめる。スマホで流していたBGMをクラシックから高橋優の『明日はきっといい日になる』に変えた。

いつもの儀式だ。この曲は何かのCMで聴いて、さびのフレーズが気に入った。それから口ずさむようになった。

ポットに入れたコーヒーを飲みながらメールソフトを立ち上げた。

『ご依頼のレポートをお送りします』

メールの件名を打ってから、エクセルで作成した報告書とプレゼン用のパワーポイントを添付することを本文に認《したた》めた。ファイルを添付したことを確認し、青い送信ボタンにカーソルを置いて、マウスから手を放した。

「……いい日になるでしょうっと」

悠人は歌詞を口ずさみながら、エンターキーを人差し指一本で押し込む。いつもはタッチタイピングをしているので右小指でタッチするのだが、このメールは特別だ。

発注されたレポートを添付して納品する際のメールは、万感込めて人差し指で押すことにしていた。これも儀式だ。

『メッセージを送信しました』

「よっし、完了」

椅子に座ったまま両腕を突き上げるように背筋を伸ばした。これで無事に納品できた。

「長かったなあ」

達成感が込み上げてくる。ＰＣのスケジュール表を見たら、このレポートに着手してからちょうど二か月経っていた。

首を回すとゴキゴキと骨が鳴る。コーヒーを口にして目を瞑《つむ》った。しばらく先までスケジュールに締切りのマークが入っていなかった。差し迫った仕事はないということだ。

やっと、たまった雑用を片付けられそうだ。

やることリストを見ると、歯医者・免許更新・自動車保険継続・会計ソフト入力、などの項目が並んでいた。新しく『シマトネリコ剪定』と入力する。ほかにも何かあった気がしたが思い浮かばない。大したことではないだろう。

歯医者は虫歯ができたのではなく、定期検診だった。久し振りだから歯石を取ってもらおう。

どうにも気が乗らない免許更新だが来月中だから、講習の予約をしなければ。

田舎は車社会だ。免許は確実に更新しないと大変なことになる。自動車保険は今の保険を継続するだけだ。悠人は無事故無違反だから面倒なことはないだろう。インターネットで早く手続きをすれば保険料が安くなるはずだ。

もうすぐ年末だから確定申告に備えて領収書やレシートを会計ソフトに入力しよう。領収書類は大型封筒に入れてある。一枚ずつ日付や金額を入力するのは大変だが、入力さえしてしまえば、あとはソフトが決算書類の形にしてくれる。

悠人はｅ‐Ｔａｘというネットで申告ができるシステムを使っているので、税務署に足を運ぶ必要もない。

ただ、昨日の朝刊に週刊誌の広告が載っていて『申告の仕方が変わります。ご注意を！』という記事のタイトルがあった。事前に調べておかないと、いざ申告のときにＰＣの前で固まることになる。

「明日、コンビニに行ってみるか」

残念なことにこの辺には書店がない。一番近い書店は上田駅の近くになるので、悠人は気になる雑誌はコンビニで買うことにしていた。団地のそばにあるコンビニは品揃えが充実している。オーナーは悠人と同じで、東京から脱サラして戻ってきたのだそうだ。

Uターン組の起業家同士、機会があったら話してみたいと思っていた。スケジュール表の明日の欄に、コンビニと入力してPCをシャットダウンした。

もう何もしない。とにかく今日だけはのんびりしたい。

スマホを持って作業部屋からリビングに移動した悠人は冷蔵庫のドアを開けた。今日のために買っておいたキンキンに冷えたのを一本持って窓に向かう。

「これは儀式だからな。ご褒美、ご褒美」

クッションの上で肉球を舐めていたココアに缶を振ってみせる。ココアも嬉しそうだ。悠人は窓のカーテンを開けた。

遠くの山並みが見渡す限りパノラマのように一望できる。街の中央を貫く千曲川の水面が陽光を反射して輝いていた。

千メートルクラスの山並みは、上田の街を囲むように見える。この景色を眺めるたびに上田は盆地だなと実感する。

千曲川はその山々の水を集めて新潟県まで運び、新潟市で日本海に注ぐ。日本で一番長いこの川は、新潟に入ると信濃川という名前に変わる。

まだ外は明るい。サラリーマンはみんな働いている時間だ。窓際のソファに座り、プルトップを開けて飲む。こういうときは自営業で良かったと思う。

「思い通りの人生じゃないとしても」

スマホから流れる歌を一緒に口ずさんだ。『明日はきっといい日になる』はリピート再生してある。

のるかそるかと東京の大手企業を退職したのは十年ほど前。生まれ育った上田市でコンサルタントを始めた。悠人は大学時代からMBAを目指していた。MBAは経営学修士のことで、ビジネス界でのプロフェッショナルの証だ。しかしさすがにそれは難関すぎた。

その代わり仕事をしながら勉強を続けて、試験科目の多くがMBAと重なる中小企業診断士に合格することができた。この資格は経営コンサルタントの国家資格で、マーケティングや財務、人事労務管理など、ビジネスの幅広い知識が必要だ。

悠人自身、会社全体を視野に入れて考えることができるようになった。合格してから周囲の見る目も変わったように思う。

企業内診断士として、資格を武器にして企画開発部門で順調に昇進した悠人だが、大きなプロジェクトで失敗をしてしまった。

会社の新規事業を立ち上げようというもので、いくつかの部を横断して進めていた案件だったから、悠人一人だけの責任ではなかった。しかしプロジェクトマネージャーの部長は、悠人に責任を押しつけたのだ。次の人事で悠人は購買部門への異動を言い渡された。出世ルートを外れた閑職だった。

「降られて踏まれて地は固まる」

曲に合わせて歌う悠人の足元にココアが来て寝そべった。

悠人は判断が遅い部長と、ことあるごとに対立していたのだ。その一件をきっかけに、悠人の会社員人生は歯車が狂ってしまった。異動先で与えられた仕事を文句を言わずにこなした悠人だったが、日の目を浴びるチャンスは二度と訪れなかった。

悠人は心機一転、退職してコンサルタント開業を目標にした。幸いなことに異動した購買部門の取引先数社から業務委託契約をもらえた。

取引先は悠人の会社に出入りするメーカーだった。ＯＢを受け入れることで発注をもらうためのパイプを作るつもりもあったのだろう。

独立当初は何から何まで一人でやらなければならないので大変だったが、仕事の内容は社員時代に培ったノウハウを活かせた。

「それも幸せと選ぶことはできる」

この歌詞はいつも悠人を応援しているように聞こえる。

業者に発注する側から仕事をもらう側に立場は変わったが、実力勝負の個人事業主は性に合っている。契約と言っても顧問契約のように、何もせずとも固定の報酬があるわけではなく都度の成果報酬だ。

顧客に経営診断書や業務改善提案書などを提出することで報酬を受ける。内容が評価されれば発注も増える。今日送ったレポートは二か月前に依頼された三か年経営計画プランだった。

「今日よりずっといい日になる」

ギターがかき鳴らされてさびが始まった。ステップを踏む悠人を見てココアが「へっへっ」と舌を出して笑っていた。

妻の梢《こずえ》とは会社を辞めたときに離婚した。梢も外資系の会社のキャリアウーマンだったから、家庭はすれ違いの場でしかなかった。一人娘の樹《いつき》が生まれても梢は会社を辞めずに、一年で復職した。

お互いに家事と育児を押しつけ合う毎日だった。悠人は家族のために懸命に働く自分のどこに問題があるのかわからなかった。

梢は名前を記入した離婚届を差し出した。個人事業主として第二の社会人人生を迎える準備で頭がいっぱいの悠人は「わかった」とだけ言った。ますます忙しくなる自分を支えてくれない妻と一緒に暮らす意味が見出せない。

やり直そうと話し合うこともない、あっけないほど簡単な離婚だった。二人とも年収はほぼ同じだったから、財産分与の問題はなかった。一人娘の樹は大宮にあるマンションで梢と暮らすことになったので、マンションを梢の名義に変更しただけだ。

ココアが悠人の膝を軽く引っ掻く。そわそわしている。散歩に行きたいのだろう。

「よし、行くか」

ココアとの散歩は、ほぼリモート仕事の悠人にとっていい運動だ。家の中でもココアの世話をすることが気分転換に繋がっていた。ココアと触れ合うだけで気持ちが和む。気がつくと話し掛けている。ココアも悠人を見上げて聞いてくれる。

今日は営業終了だ。お散歩セットを入れた袋を持って出かけることにした。


ココアは公園へ向かう道を短い足でがんばって走った。がんばっても足の短いダックスはよちよちしているようで、それが可愛い。ココアは顔に白髪が交じっているが、まだまだ元気だ。

「慌てるなよ、ココア。そっちはだめだって」

階段を避けてスロープに回り込んだ。ダックスは腰を痛めやすいから段差は禁物だ。トートバッグを持った中年の女性がココアを見て微笑みながら、悠人に軽く頭を下げた。

「可愛いですね」

「どうも、ありがとうございます」

「ワンちゃん、何歳ですか」

「えっと、十二歳くらいかな」

女性は「散歩、嬉しいね」とココアに笑って歩いて行く。スーパーに買い物に行くのだろう。

男が一人でウォーキングしていると危ない輩だと思われそうだが、ココアといると怪しまれるような視線を感じることはない。それもありがたかった。

「お前、本当は何歳なんだ」

尻尾を振ってリードを引っ張るココアに話し掛けた。

ココアは離婚する前に、樹が突然連れてきた。公園の草むらで鳴いていたというダックスは、薄汚れて痩せ細っていた。マンションではペットを飼えないと言ったのだが、樹は保健所で殺処分されてもいいのかと涙ぐんだ。

悠人は迷い犬ではないかと思ったが、保健所のホームページにはダックスフントを探しているという情報はなかった。結局、樹の懇願に負けた悠人はマンションの理事長に頼みに行った。

マンションの規約ではペット飼育不可なのだが、理事長の了解があれば小型犬に限り、暗黙のうちに認められている。

悠人は吠え声が住民の間で問題になっているからと難色を示す理事長に粘り強く話した。初老の理事長は手を変え品を変えて交渉する悠人に根負けした。大喜びでココアを抱きしめた樹の顔は忘れられない。

離婚するときに揉めたのは、ココアをどちらが引き取るかだけだった。梢は犬アレルギーがあって、ほとんど世話をしていなかったから、悠人が引き取るものだと当然のように主張した。

樹はココアを可愛がるだけで、あきれるほど面倒はみない。旅行が好きで、しょっちゅう家を空ける。悠人は独立を成功させることが最優先だったから、犬の世話をする時間などなかった。それでも悠人が引き取ったのは、誰にも顧みられないココアが不憫《ふびん》になったからだ。

それに梢とは没交渉だが、樹がココア目当てに上田に遊びに来るのが嬉しかった。大宮からだと新幹線に乗れば一時間なのだ。一万円ほどの往復の新幹線代を出してやる自分は娘に甘いのだろうかと時々思う。

ただ最近の樹は悠人の生活に干渉してくることが多くなった。家の掃除や着ている服、買い物の内容をチェックされるだけでなく、悠人の財産の状況まで知りたがる。はっきり言って鬱陶しい。先日も電話があった。

なんの話かと思ったら友人と旅行に行くから車を貸してくれと頼まれた。

樹は運転免許はあるが車は持っていない。悠人のＢＭＷに乗って友人に自慢したいのだろうが、そもそも何日旅行に行くのかわからないと言う。わがままにも程がある。

そのまま返すのを忘れられたら目も当てられない。悠人にしてみれば、田舎で車がないのは死活問題だ。

小学校が近くにある公園のベンチに座ってリードをマックスまで伸ばしてやった。手首に通したリードの輪を二重に巻き付けるのを忘れなかった。前に考え事をしてリードを放してしまったことがある。

走り回るココアを追いかけたときは、道路に走り出て車に轢《ひ》かれたら、と思って肝が冷えた。

ココアは芝生をあちこち嗅ぎ回る。小学校から『信濃の国』が聞こえてきた。長野県民なら歌えない者はいない。悠人も小学生のときに習わされた。今も音楽の授業や運動会などのイベントで使われている。


まわりを見回したが今日はいないみたいだ。


この公園に来ると、犬の散歩をしているイヌ友や犬好きの子どもたちに会える。イヌ友には新しいトリミングサロンやペットフードの話など貴重な情報を教えてもらえる。子どもたちの中にはココアを目当てにこの公園を通る子もいた。

「触ってもいいよ」と声を掛けると無邪気にココアを撫でる。誰にでも腹を見せるココアは無節操だと思うが、「可愛い」と言われると悠人も気分がいい。

スマホが鳴った。ついさっきレポートをメールで送った会社からだ。

「はい、小堺です」

「降田です。レポート、どうもでした」

降田課長の会社は中堅の事務用品メーカーだ。

「ざっと拝見しましたが、さすが小堺さん、問題ないです」

発注者からこう言われると、やはりほっとする。

「それは良かったです。パワポの動きも大丈夫ですか」

プレゼンテーション用にパワーポイントにも凝ったつもりだ。

「スライドショーですよね。助かります」

悠人が前職の購買部門で発注担当だった頃、降田が営業するオフィス用品を随分と購入してやった。そのおかげで降田は成績が上がって、営業の平社員から栄転したようなものだ。

いつもハンカチで額の汗を拭きつつ、愛想笑いを浮かべた顔を下げて注文を取っていた男は、今や経営企画室の課長様だ。

悠人が独立を考えていた頃、付き合いのある会社にコンサルタントの必要はないかと打診したことがある。降田は興味があるようだったので、簡単にレポートを作った。

過去三年分の決算書を取り寄せて財務分析をし、悠人なりに経営課題だと思われるポイントを抽出したレポートに降田は目を瞠《みは》った。降田は経営分析スキルをまったく持ち合わせていなかったので、それからというもの悠人に頼り切っている。

在職中も独立してからも、この降田を助けていると思うとおかしくなる。

「とにかく小堺さん、ご苦労様でした」

「いえいえ。また次のお仕事、お願いしますよ」

クライアントと如才なく話をした悠人は、通話を切ってスマホを胸のポケットにしまった。

「ココア、そろそろ帰ろうか」

ココアに声を掛けた。

「ココア?」

様子がおかしい。前足で顔を擦っている。駆け寄って顔を上げさせると茶色い毛が赤く染まっていた。

「どうした、ココア」

左目から血が出ている。どこかにぶつけたのか。しかし地面は柔らかい芝生だ。周りを見ると走り去る小学生のランドセルが見えた。

「おい、ちょっと」

子どもは振り返りもせずに駆けていく。黄色い帽子を被っているから一年生だろう。

まさかあの子が何かしたのか?

ティッシュペーパーでそっと血を拭いたが、すぐに新しい血が出る。ココアが嫌がるので、目のどこから出血しているかはわからない。

とにかくすぐに医者に診せなければ。

「ココア、お医者さんに行こう」

悠人はココアを抱きかかえて家に走った。着ていたパーカーに血がべっとりとついたが気にしていられない。

3 【有馬健太】 12／15（月） AM9：48

ドアの向こうで真面目そうな男がにっこりと微笑んでいた。マンションのドアホンに映っていたのは、スーツ姿の若い営業マン風の男だ。

「どちらさん？」

「わたくし、サザンファイナンスの者です」

健太は顔をしかめる。出なければよかった。返済の督促だ。健太はモニターに向けて中指を立てた。

倍にして返してやるから、ちょっと待ってろっての。

絵に描いたようなセレブの奥様から「二度と来ないで」と懇願されて受け取った金がある。健太はその金で韓国に行くところだった。カジノで一勝負して、借金は全部きれいにするつもりだ。

「あの、有馬さん？」

取りあえずこいつを、なんと言って帰らせようか。

「社長は今、出てますけど」

健太の経験では、借金取りにはこれが一番有効だった。しかし若い男の笑顔は変わらない。

「またまた。有馬さん、お一人でお仕事されてますよね」

敵もさる者だ。調べている。

「今日はですね、有馬さんの返済計画の見直しをさせていただきたくて伺いました」

モニターに映った男は意外なことを言った。

「えっ、早く返せって言うんじゃないの」

「滅相もない。もっと建設的なお話に参りました」

借金の返済を待ってくれるのだろうか。いやそれはさすがに虫が良すぎる。しかし利息の減額を提案してくる可能性はあると思った。

貸し倒れになるより、少しくらい値引いてでも払ってもらう方が良いはずだ。大体、年利三十パーセントは法律違反なのだ。健太の借りた金額なら利息制限法という法律で金利は十五パーセントが上限と決まっている。

そんな高い金利で借りる方も借りる方だが、よそでは貸してくれなかったのだから仕方ない。**がんばっただけ金になった頃に買ったブランドもののバッグや靴は、みんなメルカリで売ってしまった。**背に腹は代えられない。それが今の健太だ。

健太はドアチェーンを外してドアを開けた。

「失礼します」

若い男の笑顔が嘲るように変わったのは気のせいだろうか。健太は嫌な予感がした。その後ろから丸眼鏡を掛けた中年の男が入ってくる。モニターには映っていなかったから、離れたところにいたのだろう。二人組は事務所を兼ねた２ＬＤＫの部屋に上がり込む。

「サザンファイナンスの人だよね」

若い男が無言で、持っていたビジネスバッグのチャックを開けた。

名刺入れを出すのかと思ったら黒い折りたたみ傘を手に持った。なぜ部屋に入って傘を出すのだろう、それに今日は快晴なのにと思った瞬間に、傘の丸い柄が健太の胃に突き刺さった。

「うっ」

たまらず身体をくの字に折り曲げた。

「何を、するんだ、いきなり」

喘《あえ》ぎながら睨むと、真面目そうな顔から笑みが消えていた。折りたたみ傘ですくい上げるように、へその辺りを突かれた。健太は片膝をついて呻《うめ》いた。朝食のトーストが込み上げてくる。

丸眼鏡の男はコートを脱がずにタバコをくわえた。若い男が傘をテーブルに置いて、両手に持ったライターで恭《うやうや》しく火をつける。流れるような動作だ。丸眼鏡の男は煙を健太の顔に吐きかけた。

「有馬健太、いきなりじゃないだろ。金を借りたまま返さないそうだな」

健太は煙を避けてよろよろと立ち上がった。

ヤクザだ。返済計画の見直しどころじゃない。借金の取り立てに来たんだ。

「利息を入れて百三十六万円。返済期限は二か月前だ、有馬健太。のらりくらりと逃げ回っていたようだが、俺は許さないからな」

合いの手を入れるように、若い男の傘の柄が腹に食い込む。健太は腹を押さえて後ずさりした。

「ちょっと、やめて」

男は顔色ひとつ変えずに、踏み込んで今度は傘を振り上げる。思わず手で頭を庇《かば》った。空いた腹にもう一発。息ができない。健太は涙をこぼした。

傘男は無表情で口も利かない。ロボットのように正確に腹ばかりを狙って執拗《しつよう》に傘を突き出す。

健太は腹を両腕で押さえて「やめて、やめてください」と咳き込みながら言った。この窮地を逃れる方法を必死に考える。

「腎臓でいいよ」

丸眼鏡が言った。

「えっ、ジンゾー?」

「有馬健太、お前の腎臓一個で借金をチャラにしてやる。いい話だろ」

「何を……言ってるんですか」

腎臓一個を百三十六万円で買うと言っているのか。

「腎臓病で困っている人にあげるんだよ。人助けだな。腎臓ドナーって聞いたことあるだろう」

病気の人のために身体の一部を提供する人をドナーと言うことは知っていた。

「二つあるから一つ取っても何の支障もない。人体は素晴らしいだろ」

健太が答えられないでいると、丸眼鏡は傘男に目をやって「なあ」と言う。

「はい、素晴らしいです」

丸眼鏡は健太に向き直った。

「腎臓を提供する人は年間二千人もいるんだ。知っていたか、有馬健太」

健太は息をついて手で涙を拭った。俺は今、何を提案されているんだ。

「近くに知り合いの医者がある。日帰りできるから心配するな。特別な支度はいらない。さあ行くぞ、有馬健太」

眼鏡の奥の目は冗談を言っている目ではない。いつものようにへらへらとごまかすことなどできない。金を払わなければ拉致されるだけだ。

「待って、待ってください」

健太はデスクの一番下の引き出しを開けて封筒を出した。カジノで勝負するための大事な種銭だった。

「今日のところはこれで見逃してください」

傘男が封筒を取って札を出した。銀行員のように縦に持って素早く数える。数え慣れている。

最後の紙幣をパチンと指で弾いて、丸眼鏡に頷いてみせる。

「三十万円ちょうどです」

「百六万円足りないぞ、有馬健太」

「すいません。このところ仕事が入らなくて。現金はそれしかないんです」

「医者に行こう」

「い、嫌です。腎臓を取るなんて、そんな」

「それなら、ここに医者を呼ぼうか、有馬健太。病院でやった方が事故はないと思うが、お前がどうしてもと言うなら仕方がない」

百万ぽっちの金で腎臓を取られるなんて冗談じゃない。

「滞納したのは謝ります。本当にすいませんでした。必ず残りを払いますから許してください」

両手を合わせたところを、傘で胃を突かれた。健太は息が止まって両膝をついた。

「おい、腎臓を痛めるなよ」

「はっ、失礼しました」

二人の声が頭の上でした。健太はそのまま床に頭を擦り付ける。

「な、なんとかします。一日、待ってください。金が入る当てがあるんです」

「なんの商売だ」

顔を上げるとデスクに置いたプレートに丸眼鏡がタバコの灰を落としていた。

「スタッフフリー長野本部か」

折りたたみ机を二つ並べただけのデスクには、PC、プリンター、ファックスが置かれていた。

初期投資の必要がないのが、この仕事の良いところだった。

「人材派遣業をしています。イベントとか催し物のスタッフを手配するんです」

健太は傘男に注意しながら話した。

「始めた頃はすごく儲かっていたんですよ。いいところに目をつけたって評判でした。でもコロナになってからイベントが激減して。**クラスターが発生しなくなってからもオンラインで済ませるから、以前のように注文が戻らないんですよ**」

一番の稼ぎの種だった、あのイベントは見る影もない。感染リスクを恐れてというよりも、やらなくても済むことに気がついたのだと思う。あんな無駄なことに費用を掛けすぎだった。

またタバコの煙を吹きかけられた。丸眼鏡には興味がない話のようだった。

「でもそれならそれで、稼ぐ方法を考えてますから」

通常のスタッフ派遣の仕事がなくなった健太は、かつての客を訪ねて強請《ゆす》りを始めていた。丸眼鏡に渡した三十万円は、四年前に依頼を受けた女からせしめたものだ。健太は女がなぜ依頼をしてきたのか調査してあった。

長野市のお屋敷街と呼ばれる高級住宅街を訪れた健太は、アポイントも取らずに女の家を訪ねた。セレブな奥様になっていた女は健太のことを忘れていた。しかし健太が、四年前のイベントにスタッフを派遣した会社の者だと名乗ると、途端に顔が強《こわ》ばった。

女の過去の仕事を知っていると話すと、取り乱した女は金を払った。夫に内緒で動かせる金は、もっとあるかもしれない。

この後、すぐに連絡しよう。

「金じゃなくていいと言ったぞ、有馬健太」

「あっ、いえ、返します。返させてください。一日待ってください。お願いします」

「無理は禁物だぞ、有馬健太」

「は、はい」

「身体を労《いたわ》れよ。それと警察に捕まるような悪いことも駄目だぞ。明日、腹を開いて腎臓を取り出すまでは、健康できれいな身体でいるんだ。いいな」

健太は返事ができなかった。悪いことは駄目だと言われても、それでは金を集められない。とにかく三十万円渡したおかげで一日の猶予はもらえそうだ。今日中にどんなことをしても金をつくらないと。

「明日また来るぞ、有馬健太。実家の住所はわかっているからな」

健太は唾を飲み込んだ。

「逃げたら家族に会いに行く。妹がいるな」

「妹に手を出すな」

健太は立ち上がった。胸元に傘が突きつけられる。

「あっ、いえ、お願いします。妹だけは」

ぐれて家を飛び出した健太は、妹に散々苦労を掛けている。

「若くて美人だと聞いたぞ。そして健康だ。結構なことだな」

健太は歯を食いしばった。

丸眼鏡と傘男が部屋を出て行った。健太は椅子にどさりと尻を落とす。深呼吸しようとして顔をしかめた。何度も突かれた胃が痛む。シャツをまくって見たが痣《あざ》にはなっていない。傷害の証拠が残らないように傘の丸い柄を使って、しかも力を加減している。プロだ。

その少し上の背中に手のひらを滑らせた。腎臓はこの辺だったと思う。両側にある。二つあるから一つ取っても何の支障もない。丸眼鏡の声が蘇った。

ふざけるな、これは親からもらった俺の腎臓だ。

医療行為としての臓器移植は認められているが、借金の代わりに臓器を取引することは犯罪だ。腎臓を取るというのは脅しかもしれないが、闇で臓器が高く売られているのも事実らしい。

脅しじゃなかったらどうする？

しかし警察が健太を相手にしてくれるとは思えなかった。

健太は頭を抱えた。逃げるわけにはいかない。妹がひどい目に遭うのだけは、絶対に避けなければ。

スマホを摑んだ。金を返せばいいんだ。電話の履歴からセレブな奥様にコールした。今日中に百六万円、きっと手に入れてみせる。コール音が鳴り響く。

「早く出ろよ。あっ、もしもし」

「おかけになった電話をお呼びしましたが、お出になりません」

健太は「くそっ」とケータイに毒づいてリダイアルをした。今度はすぐにアナウンスが流れる。

「着信拒否にしやがったな」

電話に出ないなら家に押しかけるまでだ。健太は外出用のリュックを摑んで玄関に歩きかけて立ち止まる。着信拒否にしたということは、健太を拒絶したということだ。つまり例の件をばらされても構わないと腹をくくったんじゃないか。

お屋敷に警察が待ち構えていたら洒落にならない。健太は部屋を歩き回る。しかし夫に知られたら離婚騒ぎだ。あの奥様が警察に連絡するとは思えない。ただ単に、健太が怖くて着信拒否しているだけかもしれない。

行ってみるか。いや、考えてみたらさすがのセレブでも、今日の今日で百万円は難しいのではないか。

健太は椅子に座ってため息をつく。

ほかに何か、すぐ金になりそうなネタはないだろうか。

PCを立ち上げて顧客ファイルを開いた。ファイルにはスタッフを派遣した客の情報と、依頼された内容をまとめてある。

ふと一番下の依頼に目がとまった。進捗欄は空白だ。そういえば数日前に依頼用のサイトにキャンセルが入っていた。キャンセルは珍しいことではなかった。**うしろめたくて考え直す客が**

多いのだ。

削除しようとして依頼の内容を眺めた健太は身を乗り出した。派遣を希望するスタッフの条件を見直して考える。

はっとした。これってもしかして。いや、きっとそうだ。

なんでもっと早く気がつかなかったのだろう。健太はカレンダーを見た。今日は十二月十五日。キャンセルになったが、元々の派遣希望日だった。つまり今日、イベントがあるということだ。タイミングもいい。住所を確認した。これなら今日行ける。依頼者の氏名をじっと見つめた。

悪く思うなよ。お前は蜘蛛の巣に足を突っ込んじまったんだ。

4【木村夏美】 12／15（月） PM1：09

シャワーを浴びた夏美は外を眺めながらドライヤーを使っていた。**くすんだブラウンの髪はほとんど乾いている。**スイッチを切ると細めに開けた窓から、鳥のさえずりが聞こえた。出窓のカーテンは開けてあるから千曲川とその向こうの山の連なりが見える。

森の木々は葉を落として冬支度を整えている。**にやけ顔のお天気キャスターが明後日には初雪が降ると言っていた。**

山に囲まれた広い千曲川の両岸に駅や工場、スーパーなどの建物が点々とある。雄大な自然の懐に、ささやかな人間の営みが抱かれていた。夏美のアパートの近くに視線を落とすと目につくのは畑や林ばかりで、建物は数軒の民家と、駅に向かう角のガソリンスタンドくらいだった。人影はない。平日の昼間のせいもあるだろう。今日は休み明けの月曜日だ。ただでさえ少ない住人は、勤めや学校に行ってしまっている。その分、鳥の鳴く声が賑《にぎ》やかだ。

「ツピッ、ツピッ」

ブドウの木に止まって鳴いているのは、胸に黒いネクタイ模様があるシジュウカラだ。ジョウビタキも二羽飛んできて、電柱の天辺《てっぺん》で羽を休める。あの番《つが》いはよく見るからこの辺で巣作りをするつもりなのだろう。赤茶色のお腹が可愛い。夏美はまだ会ったことがないが、この地域ではカワセミも見ることができるらしい。

上田に引っ越してからというもの、窓から見える野鳥が友だちだった。**晴れでも雨でも時間さえあれば、この窓から外を眺めて過ごしていた。**

怠けていたわけではない。夏美にとっては大事なことだ。とはいえ、まともに人間と話をしたのは、市役所に転入届を出したときと、引っ越しの挨拶をしたとき、それとドラッグストアで求人がないか尋ねたときだけだった。

振り返るとすぐ手の届くところにテーブルと椅子代わりのクッションがある。１ＤＫの狭い部屋だ。クッションに置いたフリーペーパーの求人誌をぱらぱらとめくった。

あたしもジョウビタキと一緒だ。ここで生活していく基盤をつくらなければ。まず自分がしっかりすること。そうしないと人をサポートすることなどできない。

クローゼットに目をやった。荷物を整理して落ち着いたら本格的に求職活動をしよう。

イヤリングが転がるテーブルには飾り房付きの壺が置いてある。

引っ越し用の段ボール箱から最初に取り出した。他の荷物はほとんど壁際の段ボール箱に入れたままだ。壺を包んだ白いカバーが、朝見たときよりも明るく見える。もちろん光の加減だろう。

夏美は壺を見つめて一つ頷いた。

「カッ、カッ」

鋭い声に視線を窓の外に戻した。ジョウビタキが鳴きながら畑の先に飛んでいく。民家の屋根に止まった。二階建ての木造住宅は朽ち果てそうに古い。先週、あの家に挨拶に行ったときは久し振りによく喋ったことを思い出す。

出窓のカウンターに置いたスマホが震えた。『沙綾《さあや》』と表示されている。岡山で勤めていた薬局の薬剤師だ。

「はい。どうしたの、沙綾」

「どうしたのじゃないよ。いきなり引っ越しちゃって。電車の時間くらい教えてくれてもいいじゃない。私たち、友だちでしょ」

沙綾は薬局では後輩だが同い年の二十四歳だとわかって、よく話すようになった。

「はいはい。電話しようと思ったんだよ。でも不動産屋からの連絡が急だったからさ。それに送別会であんなに飲んだんだからいいじゃない。四軒も行ったんだよ。それで、そっちはどう？あたしがいなくて仕事が回ってないんじゃないの」

沙綾の笑い声が響く。

「それは大丈夫。夏美がいなくても、残された精鋭の私たちが、がんばってるから」

沙綾は「ああ、でもね」と声を潜めた。夏美は薬局のバックヤードを思い出した。壁が薄いから調剤室に声が聞こえてしまう。沙綾は交代で遅めの昼食を取っているのだろう。きっといつものおにぎりと唐揚げのセットだ。

「ルーズな店長がまたやらかしてさ。システムと在庫の数が合わなくて調べるのが大変だった」

「ああ、新しいシステムか。店長が入力を間違えたんでしょ」

「そうなのよ。もう少しPCリテラシー、持ってほしいよね。それか任せてほしい。あとで尻拭いするのはこっちなんだから」

「まあ、本部がつくったシステムも、いまいち使いにくいけどね」

沙綾が「そんなことはいいんだけどさ」と声の調子を戻す。

「なんで長野なんかに引っ越したのよ」

「さあ、なんででしょう」

誰にも話していない理由があった。

鳥の鋭い鳴き声。夏美は「あっ」と声を上げた。玄関の引き戸が開いている。ジョウビタキが止まった民家だ。男が首を出して周囲を窺う。

「何？　どうしたの」

「ごめん、沙綾。ちょっと切る。また電話するから」

「あ、ちょっと。私も今度、上田に遊びに行きたいんだけど――」

沙綾の話の途中で通話オフにした。引き戸から男がゆっくりとポーチに姿を現す。訪問介護のスタッフか。いや、違う。普段着だ。若い。誰だろう。男はそっと引き戸を閉めた。様子がおかしい。

夏美は男から目を離さずにカウンターの上を手探りした。

あの家に若い男は住んでいないはずだ。挨拶をしたときに見た表札には「山咲圭一郎　可奈」とだけあった。玄関に出てきた可奈は高校の制服を着ていた。「おうちの人は」と尋ねたら、「祖父がいますが、具合が悪くて寝てるので」と言われたことを覚えている。

夏美はそっと唾を飲み込んだ。

男は両手を擦り合わせるような仕草をしたがよく見えない。**カウンターにあった双眼鏡を目に当てた。**レンズ越しに映った男は透明な手袋を外したところだった。防寒用でないのは見ればわかるし、家を出るときに外すとは、いよいよ怪しい。

双眼鏡の倍率を上げて男の顔を見た。アイドルをちょっと崩したような顔をしている。ホストにいそうな顔だと思った。長野市の悪質なホストクラブに警察が入ったニュースを数日前にテレビで見た。

男は手袋を背中にかけていたリュックに突っ込んだ。左右を見てから庭を抜けて道路に出る。夏美のアパートとは逆方向に駆け出した。逃げていくようにしか見えない。すぐにガソリンスタンドの角を折れた。あのまま坂を下っていけば、自治センターや駅のある方向だ。

夏美は双眼鏡を下ろして可奈の家の周りを見回した。誰もいない。

男があの家から出てくるのを目撃したのは、あたしだけだ。男は何をしたのか。どうしてあんなに逃げるのだろう。あの家で何が起きたのか。

「警察に電話しなくちゃ……」

夏美は沙綾と話していたスマホを見た。110番？　それとも警察署の番号を調べて電話した方がいいのだろうか。音声アシスタントを起動して上田警察署と言えば、すぐに代表番号を教えてくれるだろう。警察に電話することを考えた途端に緊張してきた。

警察に電話したら、あの男はどうなるのだろう。夏美は首を横に振った。

余計なことは考えずに警察に連絡する。ただし、その前にあの家に行ってみよう。通報するのは事態を確かめてからだ。

夏美はシャツの上にトレーナーをかぶりながら、何を持っていけば良いのだろうと考えた。テーブルの引き出しを開けた。

財布、キャラクターのついたキーホルダー、クレジットカード類のファイル、印鑑などすぐ使うものを取りあえず放り込んである。財布を手に取った。中に保険証が入っている。身元を証明するものが必要になるかもしれない。

玄関の壁に据え付けてある姿見を見た。顔が引きつっている。頬を左右から平手で叩く。パンといい音がした。

「しっかりしろ、夏美」

少し考えてからハンガーに掛けてあったエプロンを着けた。スニーカーに足を突っ込んでドアを開けた。

第二章

私のせいだ。私の……

1 【山咲可奈】

「まるで刑事ドラマみたいね」

夏美が小声で言う。可奈と夏美は玄関の上がりかまちに並んで座っていた。鴨志田は板の間の玄関に膝をついて、指紋を押す紙とボードをセットしている。田舎の家だから玄関もタイル張りの土間も広い。

土間には開閉式の靴箱と傘立てが並んでいる。タイルの隅には警察官たちの靴が行儀良く並べられていた。

可奈は指紋を採られるのは初めてのことだった。抵抗を感じたがそんな場合ではないとも思った。

そうだ、人が一人死んでいる、殺されているのだから。

「すぐ済みますからねえ。じゃあ木村さんからお願いできますかぁ」

鴨志田は微妙に語尾が上がる。夏美が「それって」と笑う。

「鴨志田さん、どちらの出身なの?」

「一応、大阪なんですけど。やっぱり変ですか」

鴨志田はにっこりした。笑うと頬の傷が動く。ナイフか何かで切られたのだろうか。少し垂れ気味の目と鋭い傷跡がアンバランスで、妙に印象に残る顔だ。三十代半ばくらいだろう。

「大阪? あたし、岡山から引っ越してきたんです」

「岡山ですか。岡山は関西って言ってもいいですからねぇ」

「そうなのよ」

「それじゃ一本ずつ押してもらえますかぁ」

「ええと、これでいいの」

夏美は親指を押してみせた。

「オーケーです」

夏美は「関西弁ってそんなイントネーションだったかな」と言いながら順番に指を押していく。

「いやあ、僕は高校生のときに親の転勤で長野に引っ越してきたんですけどね、いい機会だから標準語にしようとしたんです。でも標準語と関西弁と信州弁が混ざっちゃって」

「なによ、それ」

夏美が吹き出した。

「でもここの言葉って微妙に標準語と違うわよね」

「そうなんです。なまじ方言が少ないから油断しちゃうんですよねえ」

「ほんとよね。だれえ、って言うけど、誰ですかって意味じゃないんだもの。イエス、ノーのノーなのよね」

「そうそう。しんまいが来たって言うから米のことかと思ったら、新聞のことなんですねえ」

しんまいは信毎。信濃毎日新聞のことだ。長野では読売新聞や朝日新聞より読まれている。でも可奈の家では新聞を取っていない。

可奈はおじいさんのことが気になって仕方がないのに、夏美たちの話に気を取られてしまう。

鴨志田は指紋を押す夏美をリラックスさせたいのか、方言の話に花を咲かせた。鴨志田は人の良さそうな顔をしているから世間話が好きなだけかもしれない。

「はあるか、とか、おいだれ、とかねえ。お年寄りと話すときは気をつけないと」

はあるか、は長い間。おいだれ、はあなたたち、という意味だ。

「でも木村さんは関西の方のなまりが全然ありませんね」

「……そう？　特訓したからかな」

「羨ましいなあ。はい、結構ですよ。ありがとうございました」

「どういたしまして」

鴨志田が可奈の方を向く。

「それでは、ええと山咲可奈さんですねえ。お願いします」

可奈にもボードが差し出された。

「怖がることないわよ」

夏美はほがらかに言う。鴨志田も頷いてみせた。

「お宅で採取した指紋と区別ができたら、すぐに廃棄します。規則で決まってますから安心してくださいねえ」

嫌な気分がするのは変わらないが、鴨志田の指示に従って指紋を押した。鴨志田の不思議なアクセントを聞いていると緊張が僅かに和らぐ。

「はい、終わりました。ご協力ありがとうございます」

鴨志田は紙を持って部屋に戻っていく。飯沼が空いた場所に膝を折って座った。

「それじゃあ少し話を聞かせてもらうよ」

「すいません。どうなっているんですか」

可奈は先に質問を口にした。

「今はまだおじいさんが殺されたとしか言えないな。発見者はあなたでしたね」

飯沼が夏美に顔を向けた。夏美は待ってましたといわんばかりに身を乗り出す。

「さっき、おまわりさんに話したんですけどね。窓から鳥を見ていたの。ジョウビタキとかシジュウカラとか珍しくて。そうしたら男が逃げていったの。この玄関からね。うちは坂の上の二階だからこの家がよく見えるのよ」

「その男、どんな様子でしたか」

「そこの戸を閉めた後で手袋を脱いでた」

「手袋を脱いだ？　着けたのではなく？」

「そう。すごく怪しい感じがした」

「それでどうしましたか」

「男は街の方へ走って行った。ガソリンスタンドのところを曲がって。もう一目散って感じでね」

飯沼は「それは確かに怪しいですね」と先を促す。

「そうでしょ。あたし、もう、いても立ってもいられなくなって。ここへ来てチャイムを鳴らして声を掛けたのよ。山咲さんって」

夏美は手に口を当てて、本当に呼びかけるように言った。

「返事がないもんだから、これは緊急事態だと思うじゃない。入ったらそこの襖が開いていて」

夏美は身体をよじって、祖父の部屋を指差した。

「おじいさんが寝ていたの。呼んでも動かないから、近寄ったら息をしてなくて」

夏美は腕を擦るようにした。

「それでもう慌てて警察に電話したのよ」

ケータイを振ってみせる。

「110番したの、生まれて初めて」

得意げな顔だ。すぐ近くに死体があるというのに、どういう神経なのだろう。可奈は不快だったが夏美の話を聞いておよそのことがわかった。

うそだと言ってほしい。でもこれは現実。そして私のせいだ。私の……。

「ご協力に感謝しますよ、木村さん」

「いいえ、当然のことです」

夏美は鼻をひくつかせた。

「逃げて行った男のことですけどね、木村さん、顔は見ましたか。何か特徴とかありませんでした？」

「若い男だったなあ。中肉中背ってやつ？」

「若いって言うと二十代？　それとも学生くらいかな」

「いえ、そこまでは。三十過ぎだと思うな。鴨志田さんと同じくらい」

「顔を見ればわかるかな」

夏美は首を傾《かし》げた。

「顔を見るって、その人と会うってこと？」

「いやいや、写真とかですよ。容疑者が捕まればマジックミラー越しに見てもらうかもしれないけど、容疑者は木村さんの顔は見えないから」

「それならいいけど。多分、わかるんじゃないかな。目は良い方なの」

夏美は意外にしっかりしている。男を目撃したのが可奈だったら、気が動転して覚えていなかっただろう。

「ありがたい。それと似顔絵をつくるのに協力をしてもらえますかね」

「似顔絵？」

「似顔絵捜査員って聞いたこと、ないですか」

「えー、ないです。刑事ドラマは好きだから、よく観るけど」

「容疑者を見た人に、その顔や髪型の印象を聞いて似顔絵を描くんです」

「それはわかるけど絵なんだ。コンピュータで自動的に作るとかじゃなくて？」

飯沼が微笑む。

「以前は顔のパーツを組み合わせて写真みたいに合成してたんだけどね」

「モンタージュ写真でしょ」

「そうそう。でもモンタージュはね、いろんな写真を見ているうちに、目撃者の記憶が曖昧になっちゃうんです。それで似顔絵が見直されてきたってわけ」

「絵ならその一枚だけだものね」

「それこそ一枚一枚、捜査官が鉛筆でね、描いていくんです」

飯沼は右手で何かを書く仕草をした。

「もっとデジタルだと思ったかもしれないけど、アナログな似顔絵から犯人が捕まることがあるんだなあ」

「へえ、面白そう」

飯沼が後ろの部屋に声を掛ける。

「南原、似顔絵の道具は持ってきてるな」

「はい、係長。でもまだ検証中です。終わったらでいいですか」

若い女性のようだ。

「わかった」

飯沼が夏美を拝むようにする。

「木村さん、時間いいかな。もうちょっと捜査に協力してほしいんですけど」

「あたしなら大丈夫。それに可奈さんだって、警察官の中で一人じゃ心細いものね」

可奈は何も言わなかった。

「それもそうだ。ありがとう、助かりますよ」

飯沼は今度は可奈を見る。

「木村さんが見た男がどうやってこの家に入ったかってことなんだけど、可奈さん、玄関は施錠してあったかな」

「はい。鍵を掛けて出かけました」

「家にはおじいさん一人だったわけだね。宅配便とかでおじいさんが戸を開けることはあるかな」

「いえ、ないです」

「それは無理よ。おじいさん、寝たきりだものね」

夏美が代わりに答えると、飯沼が形の良い唇を曲げて顎に手をやる。

「それはおかしいな。可奈さん、出入り口は玄関と？」

「台所に勝手口がありますけど」

「イーさん、勝手口も施錠されてましたよ。不審な点はありません」

部屋の中から鴨志田の、のんびりした声がする。

可奈の家は玄関の向かいにトイレと風呂場、右隣に祖父の部屋が並ぶ。その奥に台所が続き、廊下を挟んで庭に面した居間がある。一番端に座敷があって、向かいに小さな納戸がある。

二階に上る階段は可奈たちがいる玄関の横にあって、その前に飯沼が陣取っている。二階の間取りは和室が二部屋で、バルコニーに面した方を可奈が使っている。

夏美が気安い口調で言う。

「窓からじゃないの、イーさん」

飯沼が苦笑する。

「窓はすべて内側からロックされていたんですよ、夏美さん。もちろん割れたり、外されたりした跡もなくてね」

飯沼もお返しのように夏美を名前で呼んだ。

「ふーん、じゃあやっぱり玄関からか。でも泥棒の人って鍵がなくても開けられるんでしょ。テレビでよくやってるわよね。『レスキュー24時』だっけ」

「そういう場合も、なんらかの傷や痕跡が残るものなんです。おい、カモ」

飯沼が鴨志田を呼ぶ。夏美が今度は「カモだって」と囁いた。

「はい、ピッキングされたような傷もなかったです」

飯沼は考えるように首を傾げた。

「可奈さん、誰かほかに鍵を持ってる人はいないかな。おじいさんの介護の人とか」

「いえ、介護はわたしがしていますから」

飯沼が優しい目をした。

「立ち入ったことを聞くけど、ご両親は？」

「……父は私が生まれた年に亡くなったそうです。母はいなくて」

「親戚の人とか、圭一郎さんの様子を見に来てくれる人はいないのかな」

「そういう人はいないんです」

「一人で介護するのは大変だろう」

「そんなに大変じゃないです。外に出られないだけで、自分のことはゆっくりならできます。私がバイトしているくらいですから」

「そうかい。でも誰かに助けてもらえば良かったのに」

「祖父は難しい人なんです。すぐに怒鳴るし、他人に頼んでぐちゃぐちゃになるより、一人で面倒を見た方がよほどいいです」

夏美は目にうっすら涙を溜めている。

「学生なのにおじいさんの介護なんて。気の毒にね」

感情の起伏の激しい人だ。

「可奈ちゃん、それってヤングケアラーよ。学校の先生は相談に乗ってくれないの」

ちゃん付けで呼ばれた。本当に馴れ馴れしい。

可奈は庄司のことを思い浮かべた。庄司は担任教師でアルバイトの申請もしたから可奈の家の事情を知っている。授業が終わると、家事とバイトのためにすぐに下校してしまう可奈を見かねたのか、介護保険サービスを頼んでみたらどうかと言われたことがある。

「専門のスタッフが山咲さんの家を訪ねて、おじいさんの介護をしてくれるし、買い物なども頼めるんだ。場合によっては福祉施設に短期入所することもできると思うよ」

庄司の丁寧な説明を、可奈は黙って聞いた。

説明を終えた庄司は、福祉に詳しいソーシャルワーカーがいるから、相談してみないかと言った。可奈は礼を言って、祖父が知らない人に世話をされるのをひどく嫌がるので、自分でやります、と答えた。

「そうかあ。でもね、おじいさんの介護のために山咲さんの時間が奪われてるよね。その状態を仕方ない、当たり前のことだと思っちゃいけないよ」

庄司はボールペンを指でくるくる回しながら、可奈を見つめた。

仕方ないとも当たり前だとも思っていません。可奈は心の中で呟いた。

進路相談のときには、就職を希望した可奈に強く進学を勧めてきた。可奈は成績が良く、勉強も好きだったが、大学進学など考えたこともない。

「高等教育の就学支援制度という、山咲さんのためのような国の支援があるから考え直すべきだ。君が大学進学を諦めるのは、もったいない。きっと後悔するから」

庄司は「君には可能性がある」と可奈の目を見つめて熱く語った。可奈は時計を見る振りをして、バイトがありますから、と席を立った。

今さら希望を抱きたくない。

庄司は教育の理想に燃えているのかもしれないが、そのたびに放課後に一対一で面談をされるのは嫌だった。

手の掛かるヤングケアラーのつもりはないし、女子生徒の目も気になる。

可奈は返事を待っている夏美の視線に気づいた。

「担任の先生が気にしてくれてるんですけど、ちょっと熱心すぎるっていうか……」

「それ、若い男じゃない？」

ハンカチで目尻を拭って夏美が言う。

「そうですけど」

庄司は二十五歳で独身。人気の俳優に似ていて親しみやすいせいか、アニキと呼ばれていた。何人もの女子が狙っている。

先月も庄司に呼ばれて面談をした。同じ話の繰り返しで、解放されるまで一時間もかかった。急いで帰ろうと自転車置き場に行ったら、可奈の自転車が倒されていた。

この上、いじめに遭ったら耐えられない。それ以来、庄司に声を掛けられないように目を合わさなくなった。

「いるのよね、熱血教師の振りして女子生徒にすり寄ってくる教師って。可奈ちゃん、すごく可愛いもの。私が高校のときもね——」

飯沼が「ふうむ」と腕を組んだ。

「話を戻していいかな。するとこの家には誰も入れなかったはず、だね」

可奈が「はい」と言うと、飯沼が考え込む。

「イーさん、ちょっといいですか」

襖の向こうから鴨志田が声を掛けた。

「誰かに知らないうちに合鍵を作られたんと違いますか」

同僚に話す気安さのせいか、関西弁がもろに出た。

「可奈さん、最近、鍵をなくしたことはありませんかあ。ディンプルキーじゃないから五分もあれば合鍵をつくれちゃいますよ」

「そんな覚えはないですけど……」

可奈はポケットから鍵を出した。**スヌーピーのキーホルダーにつけた銀色の鍵は昔からずっと同じだ。**ディンプルキーにすると、空き巣に入られにくいというのは聞いたことがあるが、鍵を替えたら、またお金が掛かる。

「可奈ちゃん、やっぱり鍵を掛け忘れたんじゃないの。あたしなんか、しょっちゅうよ。大体、鍵なんかめったにしたことないし」

飯沼が聞いた。

「夏美さんは岡山から引っ越して来たんですね」

「ええ、景色が良くていいところよ。ブドウとか梨とか、くだものがたくさん採れて」

この人はどうして関係ないことを喋るのだろう。

「さっき言ったように、強盗殺人犯が狙ってるから気をつけないと」

「でもここは上田市と言っても市街地から離れた小さな町じゃない。初めて来たときは村かと思ったもの」

「いやいや、現にこうして被害があるわけだから」

「ああ、そうか、そうよね」

「ほんの少しでも家を離れるときは必ず施錠すること。いいですね」

飯沼の真面目な声に夏美が驚いたように目を見開いた。

「なんだか父親に叱られたみたい。あたし、そういう経験がないから、ちょっと新鮮」

夏美が「ふふっ」と笑う。飯沼が鼻の脇を指でこすった。勝手が違うのだろう。可奈の方に膝の向きをずらした。

「鍵のことはちょっとおいといて、ええと、可奈さんは高校の……」

「二年生です」

「今日は学校だよね？　もう終わったんだ」

「いえ、今日は休みました。国道のところにあるお医者さんへ行ってました」

飯沼は包帯が巻かれた手首を見て「大丈夫かい」と聞く。

「念のためにレントゲンを撮ってもらいましたけど、ただの捻挫でした」

「何か事故かい」

「**いえ……バスケで転びそうになって手で支えたんです。そのときに軽く捻っただけで**」

「バスケか、いいね。家を空けていた時間は？」

可奈は腕時計を見た。

「二時間くらいだと思います」

夏美が口を挟む。

「この辺は医者っていったらあそこしかないのよね。混んでたでしょ。あたし、この間見に行ったら、じっちゃん、ばっちゃんが待合室にごちゃっといたわよ」

「今日はそうでもなかったけど」

「あら、そう？　ラッキーだったね」

混んではいなかったが、診断書をもらうのに時間が掛かったのだ。**理由なく休んだとは思われたくないので、コンビニの店長にも見せてやろうと思っていた。**

店長は小宮山といってフランチャイズのオーナーだ。東京で仕事をしていたのだが、父親が亡くなって戻ってきたらしい。コンビニにする前は酒屋だったそうだ。とにかく休んでいるところを見たことがない。

もうブラックとかの次元じゃないから、いつか倒れるのではとバイト仲間で噂をしているのだが、「俺は一国一城の主だから、働くのは苦にはならない」と四角い顔で笑い飛ばす。三十六歳、油が乗ったいい男、というのは本人の言葉だ。

自然、可奈たちバイトのスタッフも真面目に働いている。

「でもイーさん、ここら辺って、お年寄りが多いわよね」

夏美はまだ世間話を続行しようとしていた。

「地方都市はどこも同じです。悩みは人口減少、若手の労働力不足。上田市でも転入者には移住支援金を用意してるんだけどね」

飯沼の説明に夏美が人差し指を立てた。

「百万円でしょ。しかも子どもがいればプラス百万円。すごいわよね」

可奈のクラスメートにも東京から移住してきて農家になった家族の娘がいる。なかなかクラスに溶け込めないのか、一人で本を読んでいる可奈に話し掛けてくることがある。

あの子の家は二百万円で移住を決めたのだろうか。**二百万円は大金なのだとあらためて思った可奈は、切なくて残念な気持ちになる。**

「でも支援金をもらえるのは都会から来た人なのよね」

「ああ、それはそうです。一都三県と大阪府、愛知県だったかな」

「あたしは田舎からだからお呼びじゃなかった。すごい残念」

飯沼が「まあまあ」と笑う。

「夏美さんはどうして長野に？」

「長野って言うか、お目当ては上田なんだけど……えー、言っちゃおうかな」

夏美はもじもじする。

「あたし、歴女なんです」

「れきじょ？」

「真田信繁。知ってるでしょ」

「むろんだよ、幸村だね」

「そう。もう大好きなの。それで上田に聖地巡礼したわけ。そのときに気に入っちゃって。自然が豊かで住みやすそうだし、新幹線も通ってるし。田舎なのに東京まで一時間半なんだもの、びっくり」

「それで上田に引っ越したんだ」

飯沼は驚いたようだ。そんな動機でわざわざ上田市に引っ越す人がいるなんて可奈にも信じられなかった。

「やっぱり、あたし変かな」

可奈は「変です」と言ってやろうかと思ったが、飯沼が「とんでもない」と大声を上げた。

「大歓迎だよ。私も真田好きでね。真田井戸はもう見たかな」

「もちろん、最初に行ったわ」

「通だねえ。真田祭りは？　先月あったけど」

夏美が口をへの字にする。

「それがイーさん、引っ越しが間に合わなかったのよね。でも来年はきっとリベンジするから」

「ぜひ。祭りは来年としても、上田は真田一族発祥の地だから縁《ゆかり》の場所は山ほどある。どこでも行き放題、真田三昧ができるよ」

「そうなの。まず駅の改札に赤備えの甲冑《かっちゅう》があって、もうズキューンよ。そして駅前には信繁の馬に乗った像がお出迎えだもの」

飯沼はうんうんと頷く。

「ここからなら上田城とか真田氏の名所旧跡まですぐでしょ。それとあたし温泉も好きだから」

「なるほど、幸村の隠し湯もあるからね」

岡山から引っ越してきた女性と、上田警察署の刑事はすっかり意気投合してしまった。

可奈が自分の住んでいるところと真田一族の繋がりを意識するのは、真田神社にお参りする受験生のニュースを見たときぐらいだ。大坂の陣で信繁がつくった真田丸が落ちなかったことから、試験に落ちないという験担《げんかつ》ぎらしい。

とにかく真田幸村じゃなくて、正しい名前の信繁と呼ぶあたりは、夏美は筋金入りの歴女なのだろう。

「夏美さん、上田はいいところだよ。物価も安いし、のんびりしてるし」

「そう……ね」

夏美が小首を傾げてみせる。

飯沼が気づいたように咳払いした。

「ああいや、ごく稀《まれ》にこういう事件もあるんだが。ええと、夏美さん、お仕事は何を？」

「求人がないか探してるの。薬局に勤めてたから、できたらドラッグストアとかで働きたいんだけど」

「ああ、ドラッグストアはたくさんあるから、きっと見つかるんじゃないかな」

現場検証はまだ終わらないのだろうか。可奈は早くおじいさんの顔を見たかった。

ゆめなら覚めてほしい。おじいさんが死んでしまって、これからどうしたらいいのだろう。

2 【小堺悠人】

悠人はココアをキャリーケースに入れて、ＢＭＷの後部座席にシートベルトで固定した。掛かりつけの動物病院までは車なら五分も掛からない。病院はこの街の商業施設が集まった一角にある。日用品の買い物は、そこで済むようになっていた。

平日のせいか、ほとんど対向車はない。悠人は焦る気持ちを抑えて車を走らせた。スーパーの看板が見えてきた。向かいにある動物病院に車を乗り入れる。

白い外壁には子どもが喜びそうな犬と猫の絵が描かれていた。三台分の駐車スペースに車はない。駐車場にＢＭＷを停めて、キャリーケースのジッパーを開けた。

「着いたぞ、ココア」

下に敷いていたタオルには点々と血がついている。タオルごとココアを抱き上げた。どのくらい血が出ているのかわからなかった。

ココアはぶるぶると震えているが、出血のせいとは限らない。臆病なココアは狂犬病の注射をされたこの病院に来るたびに震えるからだ。

「すいません、急に出血して」

悠人はココアを抱いて病院に駆け込んだ。ココアを見た受付の看護師が「先生、急患です」と奥に大声を出す。獣医師が走り出てきた。

「すぐ診ます」

医師はココアを抱いて診察室に入る。

「待合室でお待ちください」

看護師もそう言って、医師の後を追った。

悠人はふうっと息を吐いた。待合室には誰もいない。椅子に座る気にならなかった。

ココアは悠人の大切な相棒だ。スマホを出して、『犬』、『目』、『出血』と入力して検索したが、広告が多くてはっきりしたことはわからない。

樹に電話しなければと思いついた。ココアの体調が悪くなったりしたら、すぐに知らせるように言われていた。しかし目から出血と言えば、樹はパニックになるだろう。いたずらに心配させても騒ぐだけだ。診察結果が出るまで待った方がいい。

悠人は椅子に座った。正面の壁にマスクをした猫のポスターが貼ってある。『院内ではマスク着用をお願いします』と書かれていた。ポケットを探ってマスクをしながら時計を見た。

「まだか……」

呼ばれない。診察室に動きはなかった。医師と看護師の話し声も聞こえない。悠人はやはり樹に一報だけしておこうと思った。悠人が逆の立場だったら、まず知らせてほしいと思うだろう。それに、この不安な状況で一人待ち続けることに耐えられなかった。誰かと共有せずにはいられない。

悠人はラインの内容を少し考えて、スマホで樹とのトークルームを開いた。樹のアイコンはココアの笑った写真だ。

『ココアの具合がちょっと悪いので病院で診てもらってる。結果がわかったらすぐに連絡する』

それだけ打って送信した。

「小堺さん、どうぞ」

看護師に呼ばれて診察室に入った。診察台の上に腹ばいになったココアが悠人を見て尻尾を振った。目はぱっちり開いている。血は出ていない。悠人は心からほっとした。

「ココア」

悠人は診察台に駆け寄って、抱きしめようとしてためらった。マスクをした獣医師の目が笑っている。

「目を触らなければ大丈夫ですよ」

ココアをそっと抱くと、すかさず温かい舌で首筋を舐められた。

「小堺さん、驚いたでしょ」

まだ若い獣医師は、半袖の青い診察衣を着ていた。

「ココアちゃんは左のまぶたのできものが取れかかって出血したんです」

まぶたに小さなイボのようなものがあるのは気づいていた。

「先生、そのできものは」

悠人はココアの顔を両手で挟んで、どんぐりのような目を覗き込む。

「取れてしまいました。ぽろっとね。出血は取れかけたときの一時的なものですから、もう血は出ないと思います」

「よかった」

ココアの左目の上にクリーム色の点があった。

「軟膏を塗ってあります」

「ありがとうございます」

「それで小堺さん、心配ないと思いますが」

「はあ」

悠人はココアの首筋を搔いてやった。ココアが悠人の手を本格的に舐めまくる。

「念のためにできものが悪性じゃないか病理検査します」

獣医師がはきはきと言う。

「悪性?」

悠人は手を止めた。また不安になる。

「検査は外のセンターでしてもらいますから、明日以降、電話しますよ」

「もし悪性だったら、どうなるんですか」

悪性腫瘍ならがんということだ。

「手術をすることになると思います」

「先生、それって大きな手術になりますか」

「ここではできないので専門の医師を紹介します。全身麻酔で入院が必要になるでしょう。費用は、そうだな、少なくても三十万円はみておいてください」

全身麻酔、三十万円。それだけで大変な手術だと想像がつく。

「この子はもう年ですけど、手術して大丈夫でしょうか」

「まあそれは悪性だったときに考えましょう。取り越し苦労になると思いますし」

「だけど、一応、心の準備を……」

「小堺さん、一日待ちましょうよ。もしそういうことになったら、専門医が手術できるかどうかも含めてお話ししますから」

街は日が落ちて静かな夕暮れを迎えていた。この辺は夜になると街灯も少なく寂しい感じになる。病院の前を歩いているのは、スーパーかドラッグストアに来た買い物客くらいだ。

悠人は獣医師に聞いた手術のことを考えながら、車のキャリーケースにココアを入れた。費用は問題ないが、それよりココアは老犬だから手術の負担は大きいだろう。麻酔から覚めないということはないだろうか。

ダッシュボードのホルダーに置いたスマホが震えた。ディスプレイでココアが舌を出して笑っている。樹から電話だ。まだ授業中のはずだが。

スマホの通話ボタンをタップした。

「お父さん、ココアは大丈夫なの」

いきなり聞かれた。悠人は医師に聞いた話を伝えた。

「もう、なんでお父さん、できものに気がつかなかったの。コーミングしてる？　目やにを取ってあげてれば、できものに気づくでしょうに」

「いや、気づいていたけど様子をみようと思って」

そんな重大なことだとは思わなかったし、正直なところ、レポートの締切り間近で忙しかったのだ。

「だからお父さんには任せておけないのよ。私、これから行こうか」

「いや、授業があるだろ。悪性じゃなければ平気だから」

樹がため息をついた。

「それじゃ、検査結果が出たらすぐに電話してよね。**うっかり忘れないでよ**」

「うっかりとはなんだ」

「仕事のことで頭がいっぱいなんじゃないの。少しは余裕を持たないと駄目よ」

「大きな仕事が片付いたから、落ち着いたところだ。ココアの世話はちゃんとする。お前は自分の心配をしていればいい」

「ちゃんと食べてるの。ハンバーガーとかピザばっかりじゃだめだからね」

「ああ、野菜や魚も食べてるよ」

子どもじゃあるまいし勘弁してほしい。

「**講習受けたら報告してよね。今年は運転免許の更新でしょ。**それと、ご近所と仲良くやってよ」

「わかった、わかった。もう切るぞ」

通話を切ってスマホを助手席に放った。

なんで娘にいちいち心配されないといけないんだ。悠人は自分が苛《いら》ついているのを感じた。ブレーキを踏んでエンジンスタートボタンを押す。

「お待たせ、ココア。うちへ帰ろうな」

キャリーバッグをぽんとたたいてシフトレバーに手を掛けた途端に、またスマホが鳴る。樹か。本当に心配性だ。

「うん？」

電話は降田からだった。シートベルトを締めながらスマホを耳に当てた。

「はい、どうしました」

「小堺さん、さっきのレポート、悪いけど何か所か、書き直してもらえますかね」

「書き直し？　どこですか」

降田は言いにくそうに口ごもる。

「ええとね、提案部分なんだけど」

「えっ、提案部分って一番大事なところじゃないですか」

「申し訳ない。いやあ部長が急に方針を変えたんで。このままじゃ会議に出せないんだよね」

悠人はシートベルトを握りしめた。

「いやいや、ちょっと待ってくださいよ。提案の変更って言ったら、課題認識から見直さないと」

「だからね、部長がその課題認識が違ってるって言うんですよ」

悠人はスマホを投げつけそうになった。

「今さら、そんなことを言われても。課題はレポートの出発点ですよ。最初に確認したじゃないですか」

「まあ、そうなんだけど」

「レポート全体の見直しが必要になりますよ」

「いやそこまでは……小堺さんならうまいこと直せますって。これからポイントをメールするから月曜中で。それじゃ」

降田は言うだけ言って通話を切った。どうせこの男はまた、上司の部長に確認せずに先走ったのだろう。悠人の会社に営業に来ていた頃の、降田の卑屈な笑顔が頭に浮かぶ。

部長の緑川も知っている。新年度に向けたオフィス用品の年間発注を悠人がするときに、降田の営業同行で来社したことがある。愛想笑いするばかりで、ろくに喋りもしない男だった。

悠人の課題認識が間違っているとはどういうことだろう。あの課題から目をそらしたら会社の売上げは減るだけだ。動悸《どうき》がしてきた。深呼吸する。怒りを我慢して車を出した。

年が明けたら来年度の業務委託契約更新がある。納品したレポートの修正は理不尽な話だが、拒否したら報酬に影響するかもしれない。降田が送ると言ったメールの内容が気になった。どの程度の修正になるのだろう。

「月曜中って言ったって……」

今日は金曜日だ。あと三日しかない。三日で報告書とパワーポイントを作り直して戻せるだろうか。一刻も早くメールを確認したい。

家への道は病院とスーパーに挟まれた道を右折して、すぐにまた左折する。信号がない細い道だ。照明もなくBMWのヘッドライトだけが道を照らす。両側の木々の枝は霧が凍り付いた樹氷のせいでほの白い。悠人はレポートの提案ページを思い浮かべた。

「簡単に直せるわけがないだろ」

降田の会社の現状と課題、取り巻くステークホルダーの環境を踏まえてまとめた提言だ。今回のレポートの肝になるパートで何回も練り直した。部長の方針が変わったと言ったが、提案の部分的な修正で済むものだろうか。

後ろからココアの鳴き声がした。

「どうした、ココア」

まさかまた出血したのだろうか。後部座席にちらりと目をやるがキャリーケースの中は見えない。血を止める軟膏はもらってあった。

「大丈夫か。すぐうちに着くからな」

ヘッドライトの光に何かが浮かび上がった。

「あっ」

左の細い路地から、自転車が飛び出したのだ。

悠人は咄嗟《とっさ》にブレーキを踏み込んだが間に合わない。鈍い音と軽い衝撃。左の前輪の辺りに接触した自転車は傾いて闇に消える。一瞬のことだった。急ブレーキをかけたBMWは数メートル、スリップして止まった。

悠人はハンドルに顔を伏せて目を固く瞑った。

やってしまった。

後ろを振り返る。自転車も、乗っていた人の姿も暗くて見えない。声も物音もしない。車道にも自転車が出てきた路地にもガードレールがなく、すぐに林になっている。あの林の中に倒れているのかもしれない。

ぶつかった人の無事を確認してすぐに警察を呼ばなければ。シートベルトを外し、車を降りようとして、はっとする。

「**なんてこった。俺、ビール飲んでた**」

レポートを添付したメールを降田に送った後、冷蔵庫から缶ビールを取り出した。凍るような缶の冷たさ。上田盆地を囲む山々の雄大な景色を眺めながら味わった、ホップの苦みと炭酸の刺激が頭をよぎる。

ココアの出血で気が動転した悠人は、ビールを飲んだことを忘れて車に乗ってしまったのだ。愕然とした。350ccのレギュラー缶だから酔った感覚はなかったが、量の問題ではない。飲酒運転をして人身事故を起こしたらお終いだ。

これまで免許証はずっとゴールド、無事故無違反だったが一発で免許取り消しだ。怪我の程度によっては懲役刑だ。手のひらに汗が滲《にじ》む。

弁解しようのないミスだ。うっかりでは済まされない。交通事故よりも飲酒運転という言葉の方が悪い印象さえある。軌道に乗っていた仕事もお終いだ。コンサルタントは星の数ほどいる。

刑事罰で起訴された悠人が契約を更新してもらえるほど甘くない。

「どうする、どうするんだ」

とにかく今、警察には行けない。缶ビール一本とは言え、検査をされたらアルコールが検出されるのは間違いないからだ。

警察に行かずに示談にできないだろうか。財布には数万円、入っていたはずだ。それをすべて渡してなかったことにするように頼み込むか。

悠人は頭を左右に振った。世の中はそんなに甘くない。被害者は警察を呼ぶと主張するだろう。

悠人の車は自転車と出会い頭に鉢合わせしたことになる。衝突までは一瞬だった。闇の中だから相手はライトが眩《まぶ》しくて悠人の車をはっきり見ていないだろう。ナンバーを確認する暇などあるわけない。

ＢＭＷの車体は特徴的なフロント以外は多くのメーカーに真似されているから、それとはわからない。とにかくこの暗さでは何も見えなかっただろう。悠人は自分にそう言い聞かせた。

周囲には誰もいなかった。人家も店もない道だ。目撃者はいない。スリップしたＢＭＷは道を塞ぐように斜めに止まっている。悠人は唾を飲み込んだ。ウインカーを出さずに、そっとブレーキペダルから足を浮かせた。バックミラーを見ながら徐行する。

心臓が喉元にせり上がるようだ。もしも被害者が現れて追いかけてきたら、すぐに車を停める。そして安全なところに駐車してから救助しようとしたと言うつもりだった。しかし闇の中からは誰も現れない。夜は静まりかえっている。

悠人はアクセルを踏み込んだ。

3 【山咲可奈】

ようやく襖が開いた。鴨志田だ。

「イーさん、検証は大体済みました。可奈さんに上がってもらって大丈夫です」

飯沼が「はいよ」と答える。

「可奈さん、お待たせしたね」

可奈は靴を脱いで廊下に上がり、閉め切られていた部屋に入った。おじいさんが布団に横たわっている。可奈は叫びそうになって口に手を当てた。畳敷きの部屋には鴨志田以外に、制服を着た男女の鑑識官が一名ずついた。可奈を見て頭を下げる。

可奈は布団の脇に膝をついた。動かないおじいさんの首筋に紐のあとがある。赤いみみず腫れがあった。爪で搔きむしったのかもしれない。

首を絞められたんだ。可奈は固く目を瞑った。

どうしてこんなことになってしまったんだろう。

「失礼します」

小柄な女性の鑑識官が可奈の横を通って玄関まで歩いた。マスクをしているがまだ若い。手袋はビニール手袋の下にもう一枚、重ねているようだ。足にも薄いブルーのカバーを履いている。

女性はスケッチブックを持っていた。夏美の前に立つ。

「木村さんですね。私、似顔絵捜査員の南原です。ご協力お願いします」

「あっ、はい。やだ、緊張しちゃう」

夏美は上がりかまちに座ったまま、膝を揃えてかしこまった。

「そんなそんな。私、まだ下手くそなんです。笑わないでくださいね」

南原は可奈の同級生と言ってもおかしくないような童顔で微笑んだ。

「でも責任重大って感じで」

「今、私の同僚たちがご近所や駅で聞き込みをしてます。そこで不審な人物を見た人がいたら、その人にもお聞きしますから大丈夫ですよ」

部屋では鴨志田が男性の鑑識官に話し掛けた。

「岡部君、指紋の照合はできたかい」

「すいません、もうちょっと」

岡部という鑑識官はノートＰＣから目も上げない。南原と同じ制服姿だが身体の幅は倍くらいある。

飯沼が可奈の後ろに立った。

「可奈さん、辛いと思うけど、部屋の中を確認してもらっていいかな。荒らされていたり、何かなくなったりしたものがないかどうか」

「はい……」

枕元にあったはずのものが見当たらない。それはすぐに気づいた。強盗が入ったのなら持って行ったのだろう。可奈は部屋を見回した。

布団から見える位置に古いテレビがあって、その隣には足の付いた碁盤が置かれている。枕のそばにアンテナを伸ばしたラジオがあり、横においたトレイには、水が入ったペットボトルとコップ、ティッシュペーパーの箱が載っていた。

手を伸ばせば届くところに杖があり、壁際に大人用おむつシートが置かれている。

「どうだろう、何か変わったところとかあるかな」

「とくに変わったことはないと思います」

「じゃあほかの部屋も見てもらえるかい。あっ、ものに触らないようにね」

可奈は自分の家を飯沼に先導されて見て回った。鴨志田も一緒についてくる。居間と奥の座敷、納戸。照明はすべて点けられていた。どの部屋も窓は閉まっているし、タンスや収納ケースを開けた様子はない。何かを動かしたようにも見えなかった。

「現金とか銀行の通帳はどこだろう」

可奈は座敷にあるタンスの引き出しを開けた。衣類の奥に小さな金庫がある。金庫と言っても、おもちゃのようなもので、いつ買ったものかもわからない。鍵穴はあるが、鍵はなかった。ボタンを押すと上蓋が開く。

銀行の封筒と通帳が入っている。

「生活費はここにおいてます。あとは私の持っている財布です」

「封筒の中をあらためてもらえるかな」

金庫に入った銀行の封筒には日付と金額が書かれていた。使ったお金と用途、残額を書くようにしている。一番下の残額は千五百六十円。二日前に可奈が書いたばかりだ。封筒からお金を出した。千円札が一枚、手のひらに置いた小銭の額も合っている。

「盗まれてはいません。盗むほどの金額でもないけど」

飯沼は黙って見ていた。家にある現金の少なさに感想を言わないのが、ありがたかった。

我慢が可奈のやりくりの基本で、定期的に入金されるお金を少しずつ銀行で下ろし、この封筒に入れて管理している。電気やガス、水道代などは口座から引き落としだ。先のことがあるからできるだけ貯金をしておきたいのだけど、今月も家計はギリギリだった。

ただ今日は十五日だ。こんなことにならなければ、銀行に行ってお金をおろそうと思っていた。今月は前から目をつけていたグレーの蛍光ペンを買うと決めていたのに。

人気の蛍光ペンは八十七円。控えめな色合いが可奈の高校で人気になっていた。可奈は教科書や問題集のページに、薄墨のようなグレーのラインを引くのに憧れていた。

「何か盗まれるようなものはないかな。仏壇に純金の仏像があるとか、昔の書家の掛け軸が眠ってるとか。古い家にはよくあるんだよ」

「ない、と思います。あったとしても、誰かが知っているわけはありません」

祖父の荷物を整理したことがあったが、お金になるようなものはなかった。

「可奈さん、たとえばここにあるのは？」

飯沼が一段高くした床の間の前に膝をついた。**五月人形やだるま、古い壺や彫刻が埃をかぶっている。**

「がらくたです、そんなの」

「これは大黒さんと恵比寿さんか。そうだね、お世辞にも名工の作には見えないなあ」

飯沼が手袋をした手で、いかにも安っぽい木彫りの彫刻を持ち上げた。次々に置いてある物を手に取って見ていく。そのたびに埃が舞う。

「おっ、マムシ酒か。すごいもの、飲んでるんだな」

可奈は目を背けた。一升瓶の中には蛇らしきものがとぐろを巻いている。絶対に近寄りたくなかった。

「おじいさん、お酒好きなんだね」

「昔はよく飲んでいました。刑事さん、よかったらそれ、あげます」

「いやあ、私は下戸なんだよ」

飯沼は笑った。

「カモ、どうだ」

「遠慮しときますわ」

鴨志田は床の間を眺めていた。

「しかしまあ、いろんなものがあるね」

腰を上げかけた飯沼が「ほう」と呟く。

「これは粘土で作ったおもちゃかな。可愛いね。可奈さんのかい」

動物の小さな置物が壺の隣にあった。ゾウやライオン、ウサギなど子どもでも作れそうなものだ。

「違います。前からそこにありました」

飯沼は立ち上がって腰を叩いた。

「おじいさんが黙ってタンス預金をしているなんてことはないかな。あるいは以前購入した証券が満期になったとか」

可奈は首を横に振った。そんなお金があったら、どんなに助かることか。

「じゃあ二階に行こうか」

飯沼と可奈は廊下に出た。鴨志田は座敷に残るようだ。

「その前に勝手口も見せてもらおうかな」

「でも鑑識の人がもう見てるって……」

飯沼が笑顔を見せる。

「念のため、だよ」

「こっちです」

今度は可奈が先に立って台所に入る。

「おっ、きれいにしてるね」

流し台とガスコンロ、冷蔵庫に食器棚。どれも古いものだが、可奈が使いやすいように整頓してあった。

「空き巣は勝手口や裏口から入るケースも多いんだ。外から見ると死角になってることがあるからね」

「ここですけど」

ガスコンロの隣に小さなドアがある。飯沼はドアノブの下にある鍵を見た。つまみの形の鍵は横にロックされている。

「鍵の閉め忘れが狙われるけど、それは大丈夫だったんだね」

可奈はため息をつきたくなった。どうしてもこの刑事は可奈が閉め忘れたことにしたいらしい。

「鴨志田さんが施錠されてたって、言ってました」

言ってやった。

「そうなんだけどね。もし閉め忘れていたら犯人はここから入って犯行に及んだ後、この鍵を中からロックして、玄関から出て行くことができたわけだよ」

「それはそうですけど」

「もちろんピッキングの跡も残らない」

「私、ここから出入りはしてないんです。だから鍵もほとんど開けたことがないです」

「圭一郎さんが開けて外を見たんじゃないかい。寝たきりって言ったけど杖があったし少しは歩けるんだよね」

「**失神することがあるんです、立ち上がると……絶対に歩かないとは言えませんけど**」

「ああ、血圧が下がるんだね。それじゃ歩くのはきびしいか」

飯沼はつまみを捻ってドアを開けた。外気が吹き込む。

「冷えてきたね」

家の裏手は空き地の先にリンゴ畑が広がり、その先には建物がなく、もう山裾になっている。

飯沼は首を出して外を見回す。

「これは死角どころか、見晴らしが良すぎるな」

ドアを閉めた。

「とにかく、ここをこじ開けて侵入した形跡はないね。ありがとう」

飯沼はもう一度、台所を見回してテーブルに目を留めた。

「可奈さん、コンビニでバイトをしてるんだったね」

テーブルにはコンビニ弁当の容器が重ねられていた。

「はい、店長が廃棄する食品をくれるんです」

可奈はそう言ってから、まずいことを言ったかなと思った。

「ああそう。廃棄って言ったって、賞味期限が切れただけだろ。食べられるのに捨てるなんてもったいない話だよ」

飯沼は気にしなかったようだ。

小宮山店長は東京では省エネとかエコ関係の会社に勤めていたらしく、コンビニの食品廃棄は許せないといつも言っている。賞味期限が近づくと値段を下げて見切り販売をするのだが、それでも売れ残ったらスタッフに配ることにしていた。

おかげでスタッフは、仕事帰りに弁当やパンを持って帰れるのだが、別のコンビニでは禁止されていると聞いたことがある。

可奈の家の事情は想像がつくのか、小宮山は可奈のシフトが終わるときに、「山咲さん、見切りコーナー、整理しよう」と言って、期限切れになる食品を必ず持たせてくれた。それ以上、何も言わない。本当にありがたかった。

ただ、可奈自身も食べられるものを捨てること自体が信じられなかったから、間違ったことはしていないと思っていた。翌日の朝食と弁当にも使っている。それで腹を壊したことはない。

「二階は可奈さんの部屋だったね」

可奈と飯沼は嫌な音を立てて軋む階段を上った。足を乗せる板の縁は所々、木が剝げかかっていてテープで補修してある。恥ずかしかったが今はそんな場合ではない。油染みのついた襖を開けて部屋に入る。

可奈の部屋は四畳半で、家具は勉強机、本棚、衣装タンス、ハンガーラック、布団、それだけだ。ぬいぐるみの一つもなければ、アイドルグループのポスターもない。普通の女子高生の華やかな部屋とは比べるべくもなかった。

質素と言うより、とにかくものがない部屋だった。

「変わったことはありません」

「そのようだね」

飯沼は窓際に置いた勉強机の前のカーテンを引いた。

「おっ、本当にここは山が近いなあ」

正面の山が手に届くようだ。椅子に座ると山が倒れてくるような錯覚を感じることがある。

「ちょっと開けるよ」

チチッと鳥の鳴き声がした。屋根にいたジョウビタキが飛び立ったのだろう。飯沼は窓から顔を出して屋根の辺りを見回した。

「お隣さん、大分離れてるなあ」

都会のように家が並んでいるわけではない。可奈の家の隣にはブドウ畑があり、その先に家が建っている。さらに一軒挟んで夏美のアパートが見える。

「これじゃあ、この家で何かあっても、気がつかないだろうな」

飯沼は窓を閉めて、今度は部屋の中を一方向ずつ順番に眺めて手帳に何か書いていく。チェックリストのようなものがあるのか、と思った。東西南北の壁を調べ終えると、飯沼は本棚に目を留めた。

「可奈さんは本が好きなんだね」

「はい。ほとんど図書館の本ですけど」

高校の図書館で本を選ぶ時間が好きだった。何よりお金が掛からないから、小説、ノンフィクション、実用書、なんでも目につくものは借りることにしていた。

「へえ、漫画も図書館にあるんだ」

「うちの高校、ベストセラーの漫画が結構あるんです。図書館の利用を促進するためらしいです。もちろん害のない漫画ですけど」

「ああ、これ、私も読んだなあ。映画になったよね」

飯沼がバスケットボールをテーマにした漫画に目を近づける。可奈は二巻、借りていた。人気があるからその先は誰かが読んでいる。順番待ちだ。可奈が借りたのはインターハイ出場を決める試合が始まる巻だ。

「それ、二十四巻まであるんですけど、読むの、三回目です」

思わず自慢してしまった。

「バスケかあ。可奈さんもやるんだよね。可奈さんの高校、強いのかい」

「今年は県大会に出られるかもしれないです。でも私、運動部には入ってません。体育の授業でやるだけです」

本当はバスケ部に入りたかったが最初から諦めていた。部活の時間にはバイトのシフトが入っている。合宿や遠征なんてとんでもない。それにユニフォーム代だって個人負担だ。

「こっちも見せてもらうよ」

飯沼は隣の部屋に入った。蛍光灯がチカチカと点滅している。

「寿命みたいだね」

「普段、使っていないので」

「うちもこの間、全部LEDに交換したところだよ。高かったけど」

飯沼は窓がロックされていることを何度も確かめて、持っていたライトで天井を隅々まで照らした。

「鴨志田たちも確認してるけど、やっぱり誰かが侵入したようなあとはないね」

可奈は窓の戸締まりは必ずしている。それに二階に飛び移れるような電柱や高い木は近くにない。窓が開いていたとしても、はしごでも立てかけない限り、入ってくるのは難しい。

「しかし、どこから入ったんだ」

飯沼が言う。何度も聞かれたが可奈は鍵をかけて出かけたはずだ。鴨志田の言うように合鍵を作られた覚えもないし、おじいさんが中から開けることはない。

くまなく調べたところで出入りできる場所は他にない。どうやって入ったのだろう。

「じゃあ一階に戻ろうか」

飯沼は先に部屋を出る。

「二階は変わったことはない、か」

飯沼は階段を下りながら首を捻る。頭の天辺が少し薄くなっていた。

「金目のものがあるとふんで侵入したが、当てが外れたってことかな」

それは可奈の方が知りたい。こんなへんぴな場所に立つ古い家に、強盗が入るのが不自然だ。

「あれっ」

庭の方で誰かの声がする。男の声だ。

「イーさん、誰か来たみたいよ」

玄関から夏美が声を張り上げた。

誰だろう、警察の人だろうか。

「おっと、耕介はどこに行ったんだ」

飯沼が急いで下りようとする。夏美は上がりかまちに座っていた。似顔絵を描いていた南原はどこかに行っているようだ。階段の途中から南原のスケッチブックが見えた。若い男の顔が描かれている。上手だ。

「いいわ、あたしが開けるから」

夏美が立って引き戸をがらりと開ける音がした。冷たい外気が吹き込む。可奈が階段を下りると、スーツの上にグレーのコートを着た男が立っていた。驚いたような顔をしている。

「お取り込み中ですか」

男の前には「立入禁止」と印刷された黄色いテープが張ってある。夏美が非難するように口を尖らせた。

「見ればわかるでしょ。今、大変なんです」

「これは申し訳ありません」

夏美は頭を下げた男に「どちらさま」と続ける。

「あっ」

可奈は声を上げた。

「私、出ます」

飯沼を追い抜いて、庭に出るときに履くサンダルをつっかけて玄関に下りた。

「すいません、今日はちょっと」

テープを挟んで向き合う形になる。テープは引き戸の外、ポーチの右側のフェンスと、左手にある水道の蛇口に張り渡してあった。

「山咲さんですね。今日、三時に伺うと事前にお伝えしていたはずですが。はがき、届いていませんか」

「届いてます。ごめんなさい。私、うっかりして。電話すればよかったんです。都合が悪くなったって」

「可奈ちゃん、約束があったのね。でも仕方ないわよ。こういう場合なんだから」

夏美が可奈の背中を撫でた。

「あのね、ここのおじいさん、殺されたんですよ」

コートの男はのけぞるようにして口を開けた。

「夏美さん。まだ捜査中ですよ」

飯沼がたしなめた。

おじいさんが殺されたことが、こうして容赦なく人に知られていく。それが可奈は悲しかった。飯沼が警察手帳を提示した。

「とにかくお亡くなりになったのは事実です」

「や、そうでしたか。えーと、ご愁傷様です」

男はネクタイに手をやって深々と頭を下げた。

「またあらためてご連絡します」

「セールスとかなら、来なくていいから」

夏美の容赦ない言葉を浴びた男は、帰ろうとして気がついたようにまた振り返った。

「そうしましたら市役所の方に死亡届をよろしくお願いします」

「あなた、役所の人なの？　ああ、そうか……」

夏美は言葉を飲み込んだ。

「それじゃ失礼します」

男が帰っていった。入れ違いに耕介巡査が走ってくる。

「すいません」

「耕介、ちゃんと立ち番をしてないと駄目だろう」

「ちょっと交通整理をしてました。野次馬の車が停まっていて」

耕介巡査は息を切らしていた。前の道は車がすれ違うのがやっとなので、一台停まると、もう通れなくなってしまう。

「耕介、テープだがな。もう少し遠くに張ってこい。家の周りを張りめぐらすように、ぐるりとな」

「わかりました。すいません」

飯沼に言われて耕介巡査がきびすを返す。

立入禁止のテープはニュースやドラマによく出てくるが、実際に見るのは初めてだった。それが自分の家に張られているなんて。

「座りましょ」

俯《うつむ》いたまま立っていた可奈は、夏美に言われて腰を下ろした。鼓動が聞かれてしまいそうだ。

その肩を夏美がぽんとたたく。

「可奈ちゃん、恥ずかしいことじゃないからね。堂々としてればいいの。**さ、顔を上げて。最低限度の生活は憲法で保障されてる国民の権利なんだから**」

可奈が顔を上げると鴨志田が頷いている。

「大丈夫、あたしがついてる」

狭い玄関で夏美が顔を寄せてくる。可奈は一人になりたかった。刑事も夏美も帰ってほしい。

すべてがなかったことにならないだろうか。


「イーさん、指紋が一つ、データベースと一致しましたよ」

鴨志田が岡部のノートPCを覗いている。岡部という鑑識官はいつ見てもノートPCのキーボードを叩いていた。パソコンオタクな熊が鑑識の制服を着たら、きっとあんな感じだ。

「なにっ、ほんとか」

飯沼が飛びつくように二人のところに行く。

「南原ちゃん、データベースって？」

夏美は似顔絵を書いては消している南原に小声で聞いた。

「犯罪者データベースですよ。前科のある犯罪者の指紋と氏名住所、顔写真が登録されてるんです。警察庁のですから全国のデータを見ることができます」

「おお、住所は長野市だ」

飯沼が声を上げた。夏美がまた南原に囁く。

「イーさんが盛り上がってるけど、どうかしたの」

南原は長野市と聞いて、鉛筆の手を止めて顔を上げていた。

「先月、長野市で強盗殺人事件があったんです」

「あっ、さっき言ってたあれか」

「はい。長野駅の近くで、お屋敷街って呼ばれてる高級住宅地です」

「長野駅からここまでは一時間ちょっと、目と鼻の先よ」

夏美まで興奮している。この家でおじいさんを殺した犯人が、先月の強盗殺人が起こった長野市に住んでいるとなったら、二つの事件を結びつけたくなって当然だ。

「写真は、と。こいつか。なんだ、二枚目じゃないか」

「イーさん、顔で判断するのはやめときましょうね」

有力情報に勢い込む飯沼は鴨志田にたしなめられた。

「それとイーさん。指紋があっても日付が書いてあるわけじゃないですからねえ。今日、この家に来た証拠にはなりませんよ」

「そりゃそうだが」

「この二枚目が今日、ここに来たかどうかは、そのスケッチブックを見ればわかるんじゃないですかあ」

飯沼と鴨志田の視線が南原のスケッチブックに注がれた。

南原がスケッチブックを裏にして胸に抱くようにした。

「えっ、そんな。それこそ責任重大じゃないですか」

「ほら、似顔絵捜査員、絵を見せろ」

飯沼に命じられた南原が、おずおずとスケッチブックを表に返して見えるようにした。飯沼と鴨志田がノートＰＣと見比べて目を見開いた。

「ビンゴ」

飯沼が声を上げた。

「えっ、ほんとですか。鴨志田係長、ちょっと私にも写真を見せてください」

鴨志田がノートＰＣを持ってきてスケッチブックの横に並べた。ディスプレイには男の写真が拡大されている。

「そっくり」

可奈は思わず口にした。夏美が横から覗き込んで喚《わめ》くように言った。

「こいつよ、こいつ。ちょっとすごいじゃない、南原ちゃん」

南原の顔に満面の笑みがひろがる。切れ長の目、通った鼻筋、ふっくらした下唇。髪型が違っているが、それ以外は写真を見て描いたようだ。

南原の画力もすごいが、夏美の記憶力も大したものだ。男が家を出て走り去ったときに見たと言った。**あまり時間はなかったはずなのに、こんなに細かいところまで覚えているなんて。**

「まあまあですかね」

「何を言ってんのよ。さすが南原ちゃん」

夏美が両手を上げて、南原がそっとハイタッチをした。

「すごいのね、似顔絵捜査員って」

「そんな。夏美さんの視力と記憶力、それに伝える力のおかげです」

「そんなことないわよ。うーん、よくまあここまで似せられるものね」

夏美が写真をじっと見た。

「そうか、こいつ前科があったのね」

飯沼がケータイを出した。

「指紋と目撃証言があったら、もう間違いない。なあ、カモ」

「ええ、いいと思います」

鴨志田が同意した。ケータイを耳に当てた飯沼の声が廊下に響く。

「そうです、課長。指紋と目撃情報が一致しました。すぐにデータベースの住所に急行させてください。ええ、有馬健太です。先月の強盗殺人犯の可能性もあります」

「可奈ちゃん、良かったね。犯人がわかって」

夏美に肩をぽんとたたかれた。

4【小堺悠人】

悠人はカーポートにＢＭＷを慎重に停めた。キャリーバッグを持って家に入る。ココアをリビングの床に下ろしてから、すぐにトイレに行った。アルコール分を身体から出そうと思った。尿を絞り出すようにしてから口に人差し指を突っ込む。吐こうと思ったのだ。

しかし酒を飲み過ぎて気持ちが悪くなったときのようには吐けなかった。えずいているうちに出た涙を腕で拭う。

呼吸を荒くしてトイレを出た。ココアは定位置のクッションで猫のように丸くなっていた。出血はしていない。悠人は血で汚れたパーカーを着ていることに気がついた。

洗っても落ちないだろう。脱いでゴミ箱に捨てた。

仕事部屋に入ってPCを立ち上げた。『酒の抜ける時間』で検索する。

中古車情報誌のサイトにヒットした。読み物記事にはビール500ccのアルコールの分解にかかる時間は、飲み終わってからおよそ四時間とある。悠人が飲んだのは350ccだが、さほど変わらないだろう。

また別の記事を見た。アルコールは汗や尿からも排出されるが、それは摂取量の数パーセントに過ぎず、大部分は身体に吸収されてしまう、と書いてある。悠人は泣きたくなった。

壁に掛けた時計の針は七時過ぎを指していた。

「あと二時間」

九時になれば悠人が酒を飲んで運転した証拠は消える。それまでは警察が訪ねて来ても決して出ない。居留守を使うと決めた。

まずココアの夕飯を用意した。ササミのゆで汁をいつもより多めにかけて食べやすくした。満腹になって暗くなればココアは寝てくれる。

窓のシャッターをすべて下ろし、カーテンを引いた。玄関のロックと内鍵がされているのを指差し確認する。人差し指が震えた。

深呼吸しながら、ココアを入れて運んだキャリーケースを玄関のカウンター収納にしまおうとした。扉を開けるとココアのリードとハーネスがあり、すぐ手に取れる場所にスパナが鈍い光を放っている。

スパナを持って振ってみた。ずっしりと重い。押し売りや不審者が入ってきたときの撃退用だ。光が漏れないように照明を消して歩く。暗い廊下を手探りで仕事部屋に戻った。シーリングライトのスイッチをオフにすると、ＰＣのディスプレイの光だけになる。ＰＣに向かって自分のしたことはどういう罪になるのか調べてみた。検索結果画面に弁護士のホームページが上からずらりと並んだ。

酒を飲んで運転して人に怪我をさせた場合、実刑になるケースがあると知って、あらためて汗が噴き出した。

『轢《ひ》き逃げ』

その単語に殴られたように動けなくなる。

「俺は轢いてない」

悠人は自転車に乗っていた人を上からタイヤで轢いたわけではない。軽くぶつかっただけだ。しかしどんな交通事故であろうと人が相手の場合、事故の相手を助けずにその場から去ったなら、それがいわゆる『轢き逃げ』という行為になるのだ。

「うそだろ……」

酸欠になったように喘いだ。

法律的には道路交通法上の救護義務違反と書かれている。さらに警察に報告を怠ったことになるから、それもセットで法に触れる。

悠人の起こしたことが明るみに出たら、悠人は三つの罪に問われる。過失運転致傷罪、救護義務違反、そして報告義務違反だ。救護義務違反は十年以下の懲役、又は百万円以下の罰金とある。逃げただけでだ。

なぜ、逃げてしまったのだろう。

自転車に乗っていたのが誰かわからないが、声を掛けて警察を呼べば良かったのだ。軽傷だったなら、たとえアルコールが検出されて酒気帯び運転になったとしても執行猶予で済んだかもしれない。弁護士の法律相談サイトによれば、同様のケースで示談になり、起訴を免れた事例が紹介されている。

暗い部屋でただ一人、悠人は頭を拳で何度も叩く。しかしもう取り返しがつかないことだ。

ぶつかった人はどうなったのだろう。暗かったから何もわからなかった。男だったのか女だったのかも見定められなかった。そして重傷なのか軽傷なのかも。

悠人は現場を見に行きたい誘惑を懸命に堪えた。救急車で運ばれているかもしれない。事故の情報がないか、ネットニュースやSNSで何度も検索したが見当たらなかった。

スピードは出していなかったし、正面衝突したわけでもない。横から現れた自転車と接触しただけだ。

「そうだ、ごくごく軽い接触事故じゃないか」

どこにも怪我がなくて、自分で立ち去ったかもしれない。きっとそうだ。

何かが鳴っている。スマホだ。ココアのご飯を作ったときにリビングに置き忘れたのだろう。廊下の壁に手をついてリビングに入る。

まさか警察？　テーブルの上にあったスマホが赤いランプを点滅させている。番号が未登録か非通知なら出てはならない。悠人はテーブルに近づいて、そっとディスプレイを覗き込む。息を細く吐き出した。

スマホのディスプレイに映ったココアが笑っている。樹だった。少し考えて通話ボタンを押した。出なければ心配してかけ続けるだろう。

椅子に腰掛けてスマホを耳に当てた。いつもは仕事をしながらスピーカー通話をするのだが、今は音を立てたくない。

「お父さん、その後、ココアの具合はどう？」

「ああ、普通だ。血も止まっておとなしくしてる」

「良かった。ご飯はどう？　食欲はあるかな」

「さっき食べ終わって寝てるよ」

暗くてココアがどうしてるかわからないが、悠人がいるのに寄ってこないのは、寝ているということだ。

「もう寝てるの。具合が悪いんじゃなくて？」

「病院に行くと、いつも疲れて寝ちゃうんだよ。心配するなって言っただろ」

樹が黙った。

「……お父さん、声の調子が変だよ。大変なんじゃないの。あたし、今から行くよ」

「必要ない。ココアなら大丈夫だって言っただろ」

「ココアだけじゃなくて、お父さんが心配なの。疲れてるんでしょ」

こんなときに来られたら最悪だ。悠人はゆっくり話した。

「何も問題はない。一人暮らしは慣れてるからな。お前の方こそ授業が大変なんだろ。無理をするなよ。休息は大事だぞ」

「そうだけどね。わかった。じゃあココアの検査結果が出たら連絡ちょうだい」

樹は「あっ、それと」と口ごもる。

「**反対された車のことだけど、やっぱりあたし、お願いしたい――**」

「その話は断っただろう。今、忙しいんだ。切るぞ」

「あ、ちょっと」

樹を遮って通話ボタンをオフにした。よりによって今、車の話などしたくもない。

悠人はスマホをマナーモードにしてから仕事部屋に戻った。うっすらと物の形がわかる。暗さに目が慣れたのだ。

ＰＣで市内の交通事故情報をまた調べた。

『本日、上田市内での事故報告はありません』

ほっとしたが、事故があってもすぐには反映されないだけかもしれない。

デスクに置いたスマホが震えた。その振動が家中を揺らしているような気がした。

降田課長だ。

「こんなときに……」

身体を硬直させてスマホを見つめていると振動は止まった。そしてまた始まる。小太りの降田が汗を拭きながらリダイアルしているのを想像した。

よほど緊急なのだろうか。迷ったが平常のように応対することが必要だと思い、通話ボタンをタップする。

「ああ、よかった。小堺さん、返信くださいよ。メールに書いておいたでしょ」

「えっ、ああ。すいません」

降田はレポートの直しのポイントをメールすると言っていた。きれいに忘れていた。降田は月曜までにレポートを直せと要望してきた。

冗談じゃない。悠人は今、そんなことをしている場合ではない。

「ちょっと、まだ見てなくて」

「マジですか。勘弁してくださいよ。僕はずっと会社で待っていたんですよ。見てください」

「それが今、バタバタしていて――」

「見てください、今。お願いします」

やはり電話に出なければ良かった。悠人は仕方なくＰＣをメール画面にして、降田からのメールをクリックした。

『課題認識について』というタイトルだ。本文にいくつか文章があったが、要旨は今後の経営方針を考える上での課題認識は物流にかかる人件費の増大による利益の圧迫、ということだ。

「降田さん、この課題、違いますよ。これじゃリストラしましょうという提案になってしまうでしょ」

「やっぱりそうなりますかね」

当たり前だ。

「人を削減するのではなく、ばらばらで不効率な物流倉庫を集約してセンター化する。そうすれば業務効率が上がり、納期の短縮も可能です。この考え方については、降田さんも賛成したじゃないですか」

「いや、でもセンター作るのにもコストが掛かるから……」

「それは初年度だけです。三年で回収できるし、納期の短縮による売上げ拡大が見込めます。シミュレーションした表をつけてあるでしょ」

「えっと、そうなんですけど」

降田は見てないのか。見てもわからなかったのかもしれない。センターの規模やコストなどの条件を変えられるように、エクセルの式は残してあるのだが無意味だった。この男が自分でやるわけはない。

「とにかく」

降田の語気が荒くなった。

「部長の方針が変わったって言ったじゃないですか。直してください。月曜中の納品、大丈夫ですよね」

その確認をするために退社せずに待っていたのか。今日はいわゆる花金《はなきん》だ。飲みにでも繰り出すつもりなのかもしれない。心配事はさっさと片付けて、週末をゆっくり休みたいのだろう。

それは構わない。人が休んでいるときにも働くのが、悠人の選んだ自営業だということは承知していた。悠人の腹が立つのはそこではない。

「降田さん、そもそもの前提が違うって言うのなら、もう一度、打ち合わせをしましょうよ。仕切り直しをして——」

「月曜までに直してください」

悠人の言葉に被せるように降田が言う。

「火曜日の経営会議には社長も出席するんです。間に合わないいじゃ済みません。納期を守れなかったら、報酬は払えませんよ」

「そんな……」

「発注した業務を完了してくれないんだから当然でしょ。契約書に書いてある通りです。このレポート、無駄にしていいんですか」

ふざけるな。二か月かけたレポートがただ働きだと言うのか。

悠人は歯を食いしばった。そして降田の無茶な注文のせいで運転中に気を取られていたことに気づく。あれがなければ事故は起こらなかったかもしれない。

そうだ、こいつのせいだ。

「じゃあ頼みましたよ。間に合わせてください。そうだ、もうじき契約更新の時期だけど遅れたら当然、契約は打ち切りますからね」

悠人の腹の底から殺意が湧き上がる。

「自分でやってください」

降田の「へ?」と間の抜けた声。

「どうせレポートから私の名前を削除して会議に出すんでしょ。知ってますよ」

経営会議のたびに、悠人のレポートが降田の作成したものとして発表され、高い評価と共に承認されてきたことは、降田の前任の営業担当者から聞いていた。

「それは……業者からの納品物をどう使おうと、こちらの自由じゃないですか」

「ええ、構いませんよ。だから降田課長の作成したレポートなんだから、ご自身が直せばいいと言ってるんです」

「そんなの僕にはできませんよ。決まってるじゃないですか」

なぜそこで言い切るのか。降田を怒鳴りつけそうになるのを必死で堪えた。

しかし悠人が精魂込めて作成したレポートだ。そこに降田ごときのレベルの低い提案が紛れ込んだら一目瞭然だ。社長も部長もこれまでは誰が書いていたのかと怒り出すだろう。

提案内容だけでなく、降田が一部を直そうものなら文章のトーン、ページネーション、スライドショーなど、すべてに不整合が起こる。

「降田課長、お世話になりました」

「ま、待ってください。小堺さん、そんなこと言わないで。ねえ、お願いします」

泣きそうな声が耳を打つ。前職の悠人が発注者として降田のミスを叱責したときの、情けない顔を思い出す。

「今度の会議、僕の昇進が掛かってるんです。助けてください。僕と小堺さんの仲じゃないですか。頼みますよ」

「無理なものは無理です。部長に言ってください。課題認識が間違ってるって。コストカットなんかしたら、商品の納品数は減って売上げも減少してしまう。縮小均衡のどん詰まりだ」

「小堺さん、そんな、怒らないでくださいよ。何かあったんですか」

「とにかく、私にはできない」

通話を切って机にあった空のペットボトルを握りつぶして床に投げつける。ボトルは闇の中を転がって何かに当たったった。

忍耐の末に怒りを爆発させたせいで心拍数が上がった。悠人は大きく息を吐いた。腹式呼吸を繰り返すうちに動悸が治まってくる。

契約は打ち切られるだろう。しかしもうそれどころではない。逮捕されて牢屋に入れられるかもしれないのだ。

悠人はキーボードを叩いて市内の交通事故情報をリロードした。新しい情報はない。

家の外で何かの音がした。悠人はマウスから手を放して耳を澄ます。気のせいかもしれないと思ったとき、カチャンと金属の響く音が確かにした。玄関の方だ。

チャイムが鳴る。悠人の背骨に電流が走った。

絶対に出てはならない。悠人は決めていた通りに、居留守を決め込んだ。時計はまだ八時を回ったところだ。

もう一度、チャイムの音が響いた。「わうー」と鳴き声がする。寝ていたココアが起きてしまった。吠え始めた。ココアは客が訪ねてくると、それが自分のお役目だと言わんばかりに吠える。

頼む、帰ってくれ。

しかしチャイムは何度も何度も鳴る。ココアの吠え声が閑静な住宅街に響き渡った。悠人は頭を抱えた。

誰だ。今、悠人の家の前に立ち、チャイムを押し続けているのは誰なのか？

第三章　あの家には爆弾が眠っている

1　【有馬健太】

健太の足元を濁った水が激しい勢いで流れていく。千曲川は二日続いた雨のせいで水かさが増して、健太の立っている土手も飲み込まれそうだ。足を滑らせたら激流に身体を持っていかれて二度と浮かんでこれないだろう。

ここは健太が子どものとき住んでいた街だった。もう二十年以上前のことだから、懐かしいというより忘れかけている。駅前の商店街とは反対方向に歩いて、この河原に出たところだ。小学生の頃は千曲川のほとりで水遊びをしたことがある。流れが穏やかな日には、運がいいと澄んだ水の中を泳ぐメダカを見つけることもできた。妹と一緒に遊んでいるうちに暗くなって、捜しに来た父親にこっぴどく怒られたことを思い出した。

その頃から、この辺りには近づくなと言われていた。川幅が狭くなって流れが速くなるところで、子どもが落ちて流されたことがあるのだ。去年の夏も水遊びをしていた中学生が溺れたというニュースがあった。

そんな場所だから周囲に人の姿はない。健太は土手の手前の茂みに座った。胸の前に抱くようにしていたリュックを下ろして、中から盗んできたセカンドバッグを取り出す。

チャックを開けた。二百万円。八十二銀行の帯封が付いている。長野と言えば三井住友でもUFJでもみずほでもなく、圧倒的に地銀の八十二銀行が強い。

帯封付きの札束を初めて手にした健太は右腰の辺りに手を当てる。これで腎臓を取られることはない。


ほんの一時間ほど前、健太は上田の依頼者の家を訪ねた。強請ってやろうと思っていたセレブな奥様のケータイは不通のままだったから、この家でなんとしても金を調達しなければと勢い込んで来たが、あまりのボロさに帰りたくなった。

しかしこういう家が金を貯め込んでいることだってある。それに健太の想像通りなら、少なくとも今日は金があるはずだ。

玄関の引き戸を開けて「こんにちは」と呼んだが、返事はなかった。もう一度声を掛けたがやはり物音もしない。

めったに犯罪など起こらない田舎とはいえ、鍵もかけずに外出とは不用心だ。そう思った健太に、昔の悪癖が頭をもたげてきた。

ここまで来て手ぶらで帰るわけにはいかない。この後、セレブな奥様の家に突撃して首尾良くいったとしても、百六万円全額にはならない可能性が高い。明日にはまたヤクザがやってくる。このままでは腎臓を取られてしまう。

健太は靴を脱いで音を立てないように廊下に上がった。いつでも逃げられるように、入ったところに近い部屋から物色するのが健太のスタイルだった。

洗面所の隣の襖をそっと開けた。灯りが点いていない薄暗い部屋に布団が敷いてある。白髪の老人がむこうを向いて寝ていた。大人用おむつシートが目に入った。寝たきりで耳も遠いのだろう。これなら目を覚ましても簡単に逃げられる、と思った。

陰気で金目のものがなさそうな部屋だったが、布団の脇にセカンドバッグが置いてある。誰もが知っている一流ブランドだ。メルカリに出せば軽く数万円で売れるだろう。

部屋に入り、音を立てないように慎重にバッグを開けた。目に飛び込んできたのは一万円紙幣の札束だった。

「よっしゃあ」と叫びたくなるのを懸命に堪えた。頭の中でパチスロの大当たり確定音が鳴り響いた。健太は眠り込んだままの老人に深く感謝して、そっと立ち上がった。

駅に戻った健太は長野行きの電車に乗った。事務所は長野駅が最寄りになるのだが、そこまで行かずに手前の、この駅で降りた。バッグの中を確認して足が付きそうなものを川に捨てるつもりだった。

健太は河原で二つの札束を拝んだ。あの家でセカンドバッグを見たときは、いくらブランドものとはいえ、中に札束が入っているとは思わなかった。なぜこんな大金が入っているのか不思議だが、今はそれを考えている場合ではない。

札束をバッグから出してリュックに移す。札束があった下には財布があった。開いてみると二万三千円入っている。紙幣だけを抜いてポケットに突っ込んだ。財布に残ったのはＶＩＳＡのクレジットカード、八十二銀行のキャッシュカード、運転免許証。

どれも不正に使えば金に換えることはできるが、紛失届はすぐに出されるはずだ。もう連絡がされている可能性だってある。それを使ったら警察は健太まで簡単にたどり着くだろう。迷わずに渦を巻いて流れる川に落とした。

カードはひらひらと宙を舞って激流に落ちた瞬間に消える。空になった財布もあっと言う間に濁った水に飲み込まれた。

バッグの底にケータイがあった。

「ＧＰＳ……」

思わず口をついた。気づかずに事務所に戻っていたら、ＧＰＳの位置情報で健太が犯人ですと名乗り出るようなものだった。危ない、危ない。投げ捨てようとして電源がオフになっていることに気づいた。

途中で充電が切れたのかもしれない。健太は携帯バッテリーも持ち歩くようにしている。ネットに繋がっていないなんて怖くて想像もできない。

子どもの頃にやった水切りのようにケータイを川面に水平に投げたが、一度も跳ねることなく茶色い水の中に消えた。

立派なバッグのサイドポケットに署名をした書類が一枚あり、健太は二百万円の意味を知った。これはまた強請りのネタになりそうだ。流れていく水を眺めながら少し考えたが、破って捨てた。こんなものを持っていたら、自分が犯人ですと宣言しているようなものだ。欲をかくと捕まることを経験上知っていた。

ポケットティッシュや手袋、ボールペンも捨ててから最後に、後ろ髪を引かれる思いでブランドもののセカンドバッグを思い切り遠くに放り投げた。

健太は長野駅で電車を降りた。ホームに信州そばの立ち食い屋があって、そばつゆのうまそうな匂いに唾が湧く。しかし腹ごしらえはまだ先だ。五階建ての巨大な駅ビルには百店舗以上の飲食店や土産物屋が立ち並ぶ。駅から出るまでにかなり歩いた。

この駅は新幹線と、在来線のしなの電鉄、長野電鉄が乗り入れる長野県最大の駅だ。行き交う人の数も多い。健太は大金を入れたリュックを抱え直した。

何台ものバスが並ぶターミナルを過ぎ、スクランブル交差点を渡って、八十二銀行の駅前支店に入った。ＡＴＭコーナーに向かう。四台並んだＡＴＭの右端で、まず百万円を自分の口座に預け入れた。

次は振り込みだ。ＡＴＭでの振り込みは一回当たり十万円までだった。健太が振り込みたいのは百六万円。ちまちまとやっていられない。窓口でなら百万円以上振り込めるが、本人確認や使用目的を聞かれるらしい。オレオレ詐欺対策だ。

慌てずにソファに座ってネットバンキングのアプリを開く。ネットは振り込み限度額が自由に設定できるのを知っている。健太の普通預金口座には、さっそく百万円が入金されていた。

「お客さま、何かお困りですか」

顔を上げるとタブレットを持った女性の行員が微笑みかけていた。

「いや、全然困ってないよ。ネットバンキングってリアルタイムで便利だね」

健太も微笑み返してやった。

健太はネットバンキングの振り込み限度額を五十万円に設定してあった。『振込・払込限度額の照会・変更』画面を開く。説明画面に『一日あたりの振込・払込限度額は三百万円以下でご指定いただけます』と書いてあった。

確かしばらく前は一千万円が限度額だった。この変更も振込詐欺対策らしいが、今の健太には三百万円で十分だ。

限度額を三百万円に変更する。これでＯＫだ。振込指示の金額入力画面に移って、残高と合わせて百六万円、七桁の数字をタップした。口の中で「耳を揃えて」と言いながら、借金をしたサザンファイナンスの口座に入金した。

健太は銀行員の笑顔に見送られて銀行を出た。右腰に手を当てながら事務所への道を歩く。スキップしたくなった。善光寺に寄って、お賽銭《さいせん》を供えていこうかと思ったが、健太にそんな信心はない。

十分ほど歩くと事務所を兼ねたマンションが見えてきた。エントランスにある生け垣の陰から男が二人姿を現す。健太は思わず腹に手をやった。取り立てに来たヤクザの傘を思い出したのだ。だが丸眼鏡と傘男ではなかった。

一人はグレーのスーツにショート丈のコート。もう一人はラフなシャツの上にジャケットを羽織っている。

「有馬健太さんだね」

コートの男は警察手帳を見せた。健太は反射的にきびすを返して逃げた。

「待てっ」

おいおい、どうしてこんなに早く警察が来るんだ。

後ろで「逃げたぞ」と声がする。健太は路地裏に飛び込んだ。カラオケスナックやバーが並んでいる。

上田のぼろい家を出入りするときに誰かが見ていたのか。でもなんで健太だとわかったのか。なんで俺の家を知ってる?

刑事の足音が近づいてくる。健太は走りながらスナックの前に積んであったビールケースをひっくり返した。後ろで瓶が盛大に割れる音がする。

「あっ、この野郎」

セレブな奥様が通報したのかもしれない。**苦労して健太が集めたスタッフのおかげで、イベントを乗り切ったあの女は思い詰めた顔をしていた。**

夫にばらすと脅した健太に、「それだけはやめてください」と訴えた。あのときは三十万円を持ってきたが、思いあまって夫にすべてを話したのかもしれない。

過去を告白した妻とそれを許した夫が泣きながら抱擁する。安っぽいドラマのようだが、二人で警察に届け出た可能性はある。

路地が終わって健太は飲食街のアーケードに走り出た。右手から別の男が向かってくる。あれも刑事だ。健太は左に走った。足がつりそうだ。

「うわっ」

健太はうなぎ屋の前にあった鉢植えにつまずいて倒れた。

「おとなしくしろ」

刑事に上から押さえつけられて呻く。

「上田の民家に侵入したな」

やはり上田の方だったか。健太は喘いで身体を起こした。コートの刑事は腕を摑んだままだが、手錠を掛ける気配はない。逮捕されるわけではなさそうだ。

「知らないよ」

健太はスタンド看板を背中にして座り込んだ。その前に刑事が片膝をつく。四十歳くらいだ。肩を上下させていた。病気でもしたのか頰がこけている。もう一人は少し離れて立っていた。

アーケードを走ってきた刑事も逆側に立って健太をにらみつける。コートの刑事が「さてと」と言う。

「署まで来てもらおうか」

「刑事さん、これって任意だろ。拒否してもいいんだよな」

「聞いた風なことを言うじゃないか」

「俺、何もやってないから」

「じゃあ、なんで逃げた」

「それは……はずみで」

制服警官が自転車に乗って走ってきた。無線のマイクを口に当てている。もう逃げられない。こんなにわらわらと刑事が来るなんて。健太は嫌な予感がした。

「証拠は挙がってるんだ。おとなしく言うことを聞いた方が身のためだぞ」

「なんだよ、証拠って。弁護士を呼ぶぞ」

「上田の家に、お前の指紋があった」

「指紋？」

「有馬健太。傷害罪と窃盗罪の前科がある。そのときの指紋と一致したんだよ」

玄関の引き戸だ。

はからずも盗みをすることになったから、手袋はしていなかったのだ。

廊下に上がってからは、いつもリュックに入れている透明のポリエチレン手袋をつけた。だから指紋を残したとしたら入るときの引き戸だけだ。

あの手袋は、さっき千曲川に捨てた。健太は息を整える振りをして懸命に考えた。

「指紋って、ああ、前に上田でエキストラを探したことがあった」

「エキストラ？」

「俺、人材派遣をしてるから」

「スタッフフリーだな」

俺のことは調べてあるんだ。

「そうそう。上田って映画のロケに使われることが多いんだよ。刑事さん、『浅草キッド』って知らないかな。大泉洋が出たやつだよ」

「あれは名作だな」

「そうだろ。『浅草キッド』も上田でロケしたんだ」

「ほう、『浅草キッド』のエキストラを集めたのか」

「いやそれはたとえばの話だよ。もっとマイナーな映画だけど、自然に囲まれた古い民家でロケをやるから、探して了解を取ってくれって依頼があったんだ。大変だったよ、いきなりだからさ。めぼしい家を頼んで回ったんだ。そのときのかもしれない」

口から出任せだが、映画のエキストラの依頼があったことは事実だった。本来の仕事ではなかったが金になるなら、なんだってやる。

「いつのことだ」

「うーん、二、三か月前だったかな」

皮膚が薄いのか、骨格の浮き出た刑事の顔が勝ち誇ったようになる。

「お前が今日、その家を出て行くのを目撃した人もいるんだ。言い逃れはできないぞ」

「そんな馬鹿な。誰が見たっていうんだよ」

「さあな、お前の似顔絵作りに協力してくれたんだが、これがよく似ていてなあ」

あの家の近くでは誰にも会っていない。駅までの帰り道で誰かとすれ違ったかもしれないが、挨拶したわけでもなく、顔を覚えられるとは思えない。

「それで、どうしてあの家に行ったんだ」

健太は黙った。すると俺に仕事を頼んできた依頼主は俺のことを話していないのか。

依頼主も健太に何を頼んだか、警察に話せないのだと気がついた。

登録しているスタッフの調整がつかないうちにキャンセルされたのだが、その依頼メールにあった派遣するスタッフの希望条件を読み返して、これは強請れるネタじゃないかとピンと来た。

例の日だから、そこその現金があるのは間違いないと踏んだ。

だから上田まで足を運んだ。結局、依頼主とは会うことがなかったが、強請るまでもなくそこに二百万円が健太を待っていたのだ。サザンファイナンスの借金を返してもお釣りが来る。

依頼主が健太のことを話していないのなら、あの二百万円のことも……。

健太は刑事の骨張った顔を見ながら、ここは黙って様子を見るべきだと判断した。

口を噤《つぐ》んだ健太に刑事が笑いかける。カタカタと音を立てて笑う骸骨を連想した。

「そうだよな、こんなところじゃ話せないよな。署に行こう。疑いが晴れればすぐに帰れるから」

健太の周りにいた刑事や警察官の輪がじわりと縮まる。

セカンドバッグを処分しておいて良かったと心底思った。とりわけ強請りのネタになるかもしれないと迷った、あの書類。健太は破って川に捨てた自分を褒めてやりたかった。

2 【木村夏美】

夏美は可奈の家の玄関に座っていた。さっきから隣の可奈に話し掛けているのだが、硬い顔で何を言っても上の空のようだった。無理もないとは思うが、この可哀想な少女をなんとか元気づけてあげたい。

奥の部屋で飯沼が声を張り上げるのが聞こえた。ケータイで話しているらしい。

「おお、課長。有馬を引っ張れましたか」

近くにいた南原が「やった」と拳をつくる。

「課長、私も取調べに立ち会いたいんですがね」

飯沼の声が高くなる。沈んでいる可奈と対照的に、警察官たちは活気づく。夏美の証言と似顔絵、そして鑑識官が見つけた指紋から、有馬が捕まったのだから当然だろう。

飯沼が奥の部屋から歩いてくる。

「夏美さん。有馬だけどね、長野市の家で県警の刑事が身柄を確保したよ」

「良かったあ。こんな早く捕まえるなんてさすがね」

「先月の強盗殺人の件で緊急配備していたからね」

「警察ってすごい。あたし、ちょっと感動しちゃった」

描《か》き起こした似顔絵や、たった一つの指紋で捕まってしまうのだから、悪いことはできないものだと思う。

飯沼は夏美に満面の笑顔を向けた。

「いやいや、夏美さんのご協力に大感謝」

飯沼の笑顔は本当にハリウッドスターみたいだ。そういえばトム・クルーズもイーサンだった。取調室で二人きりになって見つめられたら、簡単に落とされる女がいるんじゃないだろうか。

「南原もお手柄だぞ」

「いえ、夏美さんのおかげです」

南原は嬉しそうに笑って、スケッチブックを開いた。夏美が特徴を伝えて、南原が描いた有馬の似顔絵だ。完成するのに三十分も掛からなかったような気がする。そのときのやり取りを思い出す。

「顔の形はどうでしたか。丸？　四角？　ベース型？」、「髪型はこうですかね」、「目の間隔ってもっと離れてます？」

南原の質問に答えるたびにスケッチブックに男の顔ができあがっていった。鉛筆で線が引かれ、消しゴムで消されて線の角度や長さが変わっていくうちに、窓から見たときに気がつかなかった顎の形や髪の襟足まで思い出した。

夏美は不思議な感じがした。白い紙に描いた男の顔が喋り出しそうな錯覚がしたのだ。

南原が描き上げたときは、夏美も達成感があった。でも所詮は絵なのだから、どうせ役に立たないだろうとも思った。ところがその絵が、可奈の家に残されていた指紋の持ち主の写真とそっくりだった。

啞然とした。そして犯罪者データベースの写真を見た瞬間に、双眼鏡で見た記憶が鮮明に蘇った。この男に間違いない。


飯沼がにこにこして言う。

「有馬が長野の強盗殺人犯だったら、夏美さんに感謝状が出るんじゃないかな」

「ほんと？　感謝状ってどうしたらもらえるのかと思ってたのよね」

「担当した警察官が申請するんだよ」

飯沼が自分の顔に人差し指を向けてみせる。

「つまりこの事件で言うと我々がね。お楽しみに」

「期待しちゃうなあ」

「その代わりと言ってはなんだけど、有馬の顔を見て確認してもらうかもしれないから、もう少しここで待っていてもらえるかな」

「マジックミラーで見るんでしょ。了解。この際、どこまでもお付き合いします」

鴨志田が座敷から出てきた。

「イーさん、まだ長野の事件と結びつけない方がいいんじゃないですかねえ」

小声で話し掛けるが、狭い家なので聞こえてしまう。

「普通に考えれば関連性はあるだろ」

「いやあ関連性どころか決めつけてますよ。下手に見立てて空振りになったら県警の連中に笑われてしまいます」

飯沼が気色ばんだ。声が大きくなる。

「だがな、長野市と同様の高齢者の殺人だ。この家で圭一郎さんを殺害した有馬は長野市に住んでいて前科もある。結びつけない方がおかしいだろ」

鴨志田は頬に手を当てて「どうもしっくりこないんですよ」と言った。

「何がしっくりこないんだ。はっきり言えよ」

「長野市の事件はお屋敷街の資産家の家です。盗んだ金は一千万円近い。その犯人がなぜ、上田のこの家を狙ったんですか」

「それは、これから調べるんだよ。じゃあ聞くが逆に有馬はなんでこの家に来たんだ。用事もないのに忍び込む理由がないだろう」

鴨志田は降参と言うように両手を上げた。

「それを僕に聞きますかね」

「何か金目のものがあったに違いないんだ」

「しかし可奈さんは、何も盗まれてないって言ってるんですよ」

「孫に言いたくない何かがあったってことも考えられるだろう」

南原がたまらずといった感じで声を掛けた。

「すいません、ちょっとここでは」

「おっ、そうだな」

飯沼が鴨志田の腕を摑んで座敷に入って戸を閉めた。南原が可奈に「すいません」と詫びる。

「いえ、大丈夫です」

夏美は可奈の肩をぽんぽんと優しく叩いた。

「南原ちゃん。イーカモコンビって、いつもあんな感じなの」

南原が吹きだした。

「それ、いいですね。イーさん、カモさんでイーカモかあ。気がつかなかった。今度、使っちゃおうかな」

「イーカモ、仲が悪いのかな」

「そんなことないです。ああやって意見交換してるんです」

「あれ、意見交換なんだ」

「それに飯沼係長は鴨志田係長のことを一目置いてますよ。なんと言っても県警捜査一課のエースだった人ですから」

「えっ、カモさんが？　それってエリートなんじゃないの」

南原がへえ、という顔で夏美を見る。

「夏美さん、よく知ってますね」

「だからあたし、刑事ドラマが好きなのよ。それはともかく、捜査一課のエースだった人がどうして所轄の鑑識にいるわけ」

「……それは普通のローテーションです」

南原が口ごもったような気がした。

「本当？　何かやらかしたんじゃないの。そうだ、あの顔の傷が関係あったりして」

「私は知りませんけど」

「南原ちゃん、カモさんに聞いてみてよ」

「ええ？　無理無理。できませんよ、そんなこと」

戸の開く音がした。南原の困った顔がきりっと引き締まる。飯沼が玄関に歩いてきた。意見交換は終わったらしい。飯沼は可奈にスマホを見せて話し掛ける。

「可奈さん、この有馬って男、もう一度見てくれないかな。スケッチブックの似顔絵でもいいんだけど」

「イーさん、さっき可奈ちゃんは見覚えがないって言ったわよ」

「うん、でも大事なことだから、もう一度だけお願いしたいんだ」

可奈は鉛筆で描かれた似顔絵をじっと見た。疲れ果てたようなショートボブの横顔が痛々しい。

「いえ、見たことないです」

「本当に？　よく見てほしいんだ。コンビニの客とか市外に出かけたときとか会ったことがないだろうか」

「……知りません」

夏美は声を尖らせる。

「イーさん、しつこいわね。知ってたら言うわよ。こんな奴と女子高生が知り合いなわけ、ないでしょ」

飯沼はケータイをトントンと指でたたく。

「今はネットがあるから珍しいことじゃないよ。有馬は人材派遣の仕事をしているらしいんだ」

「ちょっとイーさん、可奈ちゃんが援交でもしてるって言いたいの」

「そんなことは言ってないよ」

飯沼は苦笑いして座敷に戻っていく。

「ほんと、失礼ね。可奈ちゃん、気にしちゃだめだからね」

可奈はまた玄関のタイルに目を落とす。夏美はその横顔を見つめた。夏美にも疑問はある。有馬はどうしてこの家に来たのだろう。圭一郎と繋がりがあるとしたら、なんなのか。何に目をつけたのか。それが謎だ。有馬は人材派遣をしている。**割の良いバイトを可奈に紹介していたのだろうか。有馬の前科に関係があるのだろうか。**

考えてもわからない。**取調べを待つしかないが、まずは有馬が捕まったことを、素直に喜ぼう**

と思った。それよりも夏美はあることを心配していた。

知人や物盗りよりも、警察は可奈が圭一郎を殺したと疑いはしないだろうか。ヤングケアラーの可奈が圭一郎の介護に疲れて、思いあまって首を絞めた。そう考えてはいないか。

介護疲れからの殺人や心中事件が多発していることは夏美も知っている。週に一件のペースで起きている、とニュースで言っていた。警察官ならきっと最初に疑うことに違いない。

いやしかし、有馬という男がこの家に侵入したのは事実だ。それに圭一郎を殺した可奈が、死体をそのままにして暢気《のんき》に病院に行くとは誰も思わないだろう。

飯沼は有馬が殺害犯だと思っているようだが、鴨志田は釈然としていない様子だった。元県警捜査一課エースだった鑑識官は、何を考えているのか。

その鴨志田が座敷から出てきた。

「可奈さん。お友だちじゃないですか」

鴨志田は二人の脇を通って、玄関の自分の靴を履いた。

「座敷の窓から見えたんですけど。高校生みたいですよ」

夏美と可奈は鴨志田の後について家の外に出た。

「久し振りにお日様を浴びた気がする」

夏美は伸びをした。身体が硬くなっている。小さな庭には、ひねこびた梅の木がある。年が明けたら赤いつぼみをつけるだろう。

「ほら、こっちに来るでしょう」

鴨志田の指差す先に制服を着た男女が見えた。街の方から坂道を自転車を押してくる。

「穂乃香《ほのか》さん、吉沢《よしざわ》君」

可奈の声のトーンが上がった。穂乃香と呼ばれたショートカットの女子がセーラー服の片手を上げた。

「高校のクラスメートです」

可奈が鴨志田を振り返って言った。二人はテープに目を瞠《みは》りながら、その前で自転車を停めた。可奈がテープまで歩いていく。

野球部なのか坊主刈りの吉沢の目があちこち動いている。クラスメートの家に立入禁止のテープが張られていて、見知らぬ大人が庭に何人もいるのだから緊張するのも当然だろう。夏美は吉沢と目が合った。

「こんにちは」

にっこりと微笑んでやった。吉沢も「こんちは」と頭を下げる。夏美は可奈の友人を見て、気持ちが温かくなった。

「山咲さん、これ、何かあったんか」

吉沢が黄色いテープを指差した。可奈は鴨志田を見る。鴨志田は首を横に振った。

「空き巣でしょ、可奈。うちの近くもこの間、やられたんだよね」

穂乃香がテープ越しに可奈の腕に手を掛ける。

「可奈、大丈夫？　しっかりしなよ」

「うん……うん」

可奈は気づいたように言う。

「二人とも、こんなところまでどうしたの」

穂乃香が吉沢の腕を肘で突つく。

「あ、あの、今日の授業のプリントを持ってきた」

吉沢が自転車のカゴに入れた紺のスクールバッグを叩いてみせる。

「そんなの、いいのに」

「庄司のアニキが山咲さんのことを心配してさ。俺は避けられてるから、お前、様子を見てこいって、言われて」

庄司のアニキというのは、可奈が言っていた熱心すぎる担任教師のことだろう。

「吉沢君、アニキに言われたからだけだっけ」

穂乃香に口を挟まれた吉沢は「いや、その」と口を濁す。頬が赤い。可奈への気持ちがだだ漏れだった。可奈は下を向いてしまう。

「せめてあたしくらいは頼ってよ」

穂乃香がきっぱりと言った。

「あたし、おやじがファーマーになるって言い出したから東京から長野に移住してきたわけじゃん？　転校初日にみんなの前で話したの覚えてるよね」

可奈は勢い込んで話す穂乃香に「うん」と頷いた。

「ファーマーなんてもう、マジでやばいと思ったよ。あたし、こんなんだからさ」

夏美は穂乃香の顔を見直した。メイクをしていて都会のＪＫを感じさせる。

「クラスで浮いちゃってるのは自分でも知ってるけどさ、可奈とはなんか気が合いそうだと思ってたんだよね」

可奈が驚いたように顔を上げた。

「目立たないようにしてるけどさ、一人だけ大人の雰囲気がすんの」

夏美も可奈が大人びていると感じていた。

「でも可奈ってさー、なんか壁感じるんだよね。何回か話し掛けようとは思ったんだけど」

「ごめん、穂乃香さん」

「なんか大変みたいだけどさ、いろいろ嫌になったら、うち犬飼ってるから遊びにきなよ。**ガチで好きなんでしょ、犬。この間も動物病院の前で立ってたの見たし。**あそこにいると、いろんな犬が来て面白いよね」

「あっ、うん」

「この間なんか、すっごいキュートなパグがいたよ。もうあたし、クソな現実を忘れたもん。

あっ、うちで飼ってるのはミックスだけどね。雑種とも言うけど。でもモフモフしてて可愛いからさ。うちなら触り放題だから」

穂乃香はこの異常な事態のせいで、普段話せない思いの丈が溢れ出したようだった。夏美は自分を見ているような気がする。

「穂乃香さん、ありがとう、あたし、あの……」

「いいよ、何も言わなくて。とにかくね、心配してるのはアニキだけじゃないってこと忘れないでよ。あと、吉沢君」

喋りすぎたと思ったのか、穂乃香は坊主刈りを促す。

「渡したいものがあるんでしょ」

「あ、うん。山咲さん、風邪なんだよな」

「うん」

吉沢はスクールバッグから紙袋を出して可奈に差し出した。授業のプリントにしては重そうだ。

「えっ、これ、図書館の?」

袋の中を覗いた可奈の声が少し華やいだ。

「俺、風邪とか引いたら、ずっと寝て漫画読んでるんだ。このバスケ漫画、山咲さんが図書館で借りてるやつだろ」

「そうだけど」

「今日、図書館に行ってみたら続きが戻ってたから借りてきたんだ」

穂乃香は笑った。

「きもいよね。可奈さんが図書館で何を借りたか知ってるなんてさ。ストーカーみたい」

穂乃香は袋を受け取った可奈の手に目をやる。

「どうしたの、その包帯」

「あっ、これはちょっと捻挫しちゃって」

「えっ、いつ？　気がつかなかったよ」

「大丈夫だから心配しないで」

可奈がはっきり言ったせいか、穂乃香はそれ以上言わなかった。可奈は人に心配されることが嫌いなのだろう。さっきから話していて、それくらいはわかる。

吉沢が言った。

「それと、あの、自転車のこと」

「自転車？」

「山咲さんの自転車を倒したの、俺なんだ。アニキと二人きりで面談してるのにイラッとして。ごめん、謝りたくて」

「何それ、本当にきもい」

穂乃香が吉沢から一歩離れた。

「昨日、山咲さんが帰るとき、自転車が軋るような音がしてた。傷ついたり、故障してたりしたら弁償するよ」

「故障してない、もう直ったから」

可奈の口調が強くなった。さすがに怒ったのだろう。穂乃香が取りなすように言った。

「ごめんね、変な話になって。それじゃ、あたしたち帰るから」

穂乃香がサドルを持って自転車の向きを変えた。吉沢もそれにならう。

「とにかくあたしたち、二人とも可奈さんのファンなんだよ。だからさ、何かあったら言ってね」

「ありがとう」

吉沢と穂乃香は自転車に乗って帰って行った。可奈は見送っている。

「可奈ちゃん、いい友だちがいるのね」

夏美は可奈の横に立った。

「もっと相手にしてあげたらいいのに」

「そんな余裕、ないから」

「そうよね。でもさ、もう介護とかしないですむじゃない。そうしたら友だちと遊べるよね」

可奈は何も言わずにガソリンスタンドを左折していく二台の自転車を見つめた。

「ごめん、変なことを言ったね」

夏美はため息をついて可奈から視線をそらした。**坂の上に建つ夏美のアパートを鴨志田は眺め**

ている。

「えっ、二百万円ですか」

飯沼の大声に振り向いた。玄関にいた飯沼がケータイに声を上げている。

「いや、この家にそんな大金は……ああ、いや」

飯沼が小声になって後ろを向いた。夏美は可奈と顔を見合わせる。

「やっぱり外は寒いわね。可奈ちゃん、中に入ろう」

玄関に戻ると、飯沼が振り向いた。

「可奈さん。有馬が百万円の札束を所持していたそうなんだ。八十二銀行の帯封付きでね。それとついさっき百万円近くのお金を振り込んだＡＴＭの明細も」

「つまり二百万円を持っていたってことね」

飯沼は夏美の質問に頷いた。

「有馬は自分の金だって主張してるけどね。振込先に連絡したら有馬が借金をして焦げ付かせた金融会社だってことがわかった。そしてだな、振り込んだ金額で借金は完済になった」

飯沼は胸を張った。

「この家からその二百万円を盗んだと考えると筋が通る。盗もうとしたところで圭一郎さんに気づかれて揉み合いになって殺した」

鴨志田が「なるほどなあ」と呟く。

「でも刑事さん、うちにそんな大金、ありません」

可奈がさっきの飯沼の言葉を皮肉るように言う。友人に励まされたせいか、可奈に皮肉を言う元気があることに少し安心した。

「いや、失礼、失礼。でも有馬が持っていたことは事実だし、となると、この家から盗んだ可能性が高い。圭一郎さんは可奈さんがわからないところに隠していたんだよ。天井裏とか……いや、高いところはお年寄りには無理かな。畳の下とかだな」

飯沼が鴨志田に目配せをした。

「どこかに形跡が残っているはずだ」

「了解」

鴨志田は圭一郎の部屋に入って畳をあらためはじめる。

「南原君、奥の部屋をもう一度見てくれるかな」

南原が「はい」と言って歩いていく。その背中を可奈が見つめていた。

夏美はエプロンのポケットに両手を突っ込んだ。可奈も言ったが、この家にそんな大金があったとは思えない。でももし二百万円があったとしたら、それを盗んだ有馬の強盗殺人容疑は確定的だろう。

喋る者がいなくなって、可奈の家は急に静かになった。岡部がＰＣのキーボードを叩くカタカタという音だけがどこからか響く。

3 【有馬健太】

「だから俺の金だって言ってるだろう、刑事さん」

健太は長野県警の取調室に座っていた。

向かい合っているのは、健太を捕まえた骸骨のような刑事だ。骸骨のくせに余裕綽々《よゆうしゃくしゃく》という顔つきだった。それが気に食わない。

無機質な部屋の壁には黒い箱が取り付けてあった。録画用のカメラだろう。取調べの可視化というやつだ。

「借金を一気に完済なんて、すごいじゃないか。百六万円っていえば大金だ。返済はずっと滞ってたそうだな。しかもその金は返済の三分前に自分の口座に入金してるじゃないか。そしてそれとは別に帯封付きの札束をもうひとつ持っていたな。トータル二百万円。いったいどこで手に入れたんだ」

「……借りたんだよ、友人に」

「どこの誰だ。確認するから教えてくれ」

「それは迷惑がかかるから言えない。そんなことより刑事さん、俺が盗んだって疑ってるみたいだけど、被害届は出てるのかい。その上田の家の住人が二百万円盗られたって言ってるのか」

骸骨は後ろに座ってPCを打っている刑事と何か小声で話した。振り向いて眠そうな目つきになる。

「被害届はこれからだろう。今は取り込み中だからな」

やはり二百万円が盗られたとは言ってない。健太はセカンドバッグにあった書類を読んで二百万円がなんの金なのか知った。同時に健太への依頼がキャンセルされた理由もわかったような気がする。

もしその想像の通りなら、と考えた。**依頼主はあの金のことを言えるわけがない**。

健太は二百万円が自分の金だという言い分が苦しいことは承知していた。しかし被害届が出ない限り、健太が窃盗したことにはならないはずだ。

負けるな、健太。腎臓は奪われずにすんだ。今度もきっと切り抜けられる。

「二百万円って言ったら大金だよ、刑事さん。現金で家に置いとくような人はいないだろうよ」

「タンス預金は珍しくないぞ。お前も知ってるだろう。それで、なんであの家に目をつけたんだ」

「だから今日は行っていないって」

刑事が身を乗り出す。

「有馬、正直に話して少しでも心証を良くしておいた方がいいぞ。何をしたにせよ、今度は再犯だ。執行猶予はつかないからな」

何をしたにせよ、とはどういうことだ。

「刑事さん、タバコ、くれないかな」

「悪いが禁煙だ」

「俺を目撃したって人に会わせてくれよ、刑事さん」

「調子に乗るな。十一月八日はどこにいた」

「えっ、十一月八日？　そんないきなり聞かれても」

健太の虚を突いたようなタイミングだった。これはアリバイ確認だ。

「午後三時から六時の間だけでいい。ゆっくりでいいから思い出してくれ」

頭の中に事務所の壁に掛けたカレンダーを思い浮かべた。最近の健太は仕事がないから、スマホのスケジュールやリマインダーを使うこともなく、何かあればカレンダーに書き込んでいた。日付だけの何も書いてないカレンダーが目に浮かぶだけだった。

「多分、事務所にいた」

「一人か。誰かそのことを証明できる人はいないか」

「いないよ。一人でゲームしてたか酒を飲んでいたと思う」

「昼間から、いいご身分だな」

「仕事のない自営業者なんてそんなもんだよ」

健太は会話をしながら混乱している脳みそにむち打った。

十一月八日。なんだ、なんのアリバイなんだ。大きな事件の起きた日だろう。先月の八日、何が起きた。

「あっ」

「驚かすなよ、どうしたんだ」

「刑事さん、俺、強盗殺人の容疑を掛けられてるのか」

先月、長野市で強盗殺人事件のニュースがあった。一千万円近い現金が盗まれて、高齢女性が殺された。一人暮らしだったらしい。犯人はまだ捕まっていないはずだ。

「と言うことは、えっ、何だよ、あの……」

何だよ、あのじーさん、と叫びそうになった。危ないところだった。

骸骨がにやりと笑う。

「どうかしたのか。何だよ、あの、その先はなんだ？」

「なんでもない」

健太は吐き捨てた。首筋から背中に汗が伝う。

眠り込んでいたのではなく、殺されていたのか。

「先月起きた強盗殺人事件のアリバイ確認なんだろ。俺を疑ってるんだな」

「いやいや、みなさんに聞いていることだよ」

骸骨が澄ました顔をする。

間違いない。刑事たちが何人も俺を捕まえに来たわけだ。強盗殺人犯が長野市に続いて上田市で二件目の犯行をした。連続強盗殺人犯、それが俺。そういうことだ。警察の目の色が変わって当然だ。

冗談じゃない。

二百万円はあの家で盗んだものだと認めたらお終いだ。健太は深呼吸した。

最悪な話だと思うが、もしも健太が考えている通りなら、あの家には爆弾が眠っている。それが爆発したら二百万円の窃盗なんか吹っ飛ぶような大騒ぎになるだろう。

あの現場では、どこまで捜査が進んでいるのだろう。うっかり口を滑らせたら墓穴を掘る。それだけは注意しないと。健太は骸骨の顔を見据えた。

「刑事さん、俺、黙秘します」

4 【山咲可奈】

「イーさん、ちょいと」

死体がある部屋から鴨志田の声がした。

「失礼するよ。つつっ」

玄関に座っていた飯沼が腰を上げようとして、ビニールカバーをつけた足に手をやった。

「痺れた」

そろそろと部屋に入っていく。二人が小声でなにか話している。岡部のキーボードを打つ音が聞こえない。可奈は気が気でなかった。

「可奈さん、夏美さん、よろしいかな」

飯沼と鴨志田、岡部が廊下に出てきた。飯沼が今度は胡坐《あぐら》をかいた。

「鴨志田から話が」

鴨志田は膝をついて可奈と夏美の顔を順番に見た。

「ここにいる岡部君が部屋に残った指紋を調べていたんです。彼はコンピュータが得意でしてねえ、指紋照合にAIまで使ってるんですよ」

可奈の高校でもAIは使われている。この間は『生成AI活用入門』という授業を受けたところだ。

「県警でも認められていましてね、岡部君はうちの署のオタクエースなんです、こう見えても」

褒めているのか、からかっているのか、わからないが岡部は大きな身体を縮めるようにして照れている。

「それでなんですが、先ほど採取させていただいたお二人のものではない、誰のものかわからない指紋が見つかりましてねえ」

可奈はすぐに「おじいさんの指紋じゃないんですか」と言った。

鴨志田が可奈をすくうように見る。

「おじいさんの？　いえ、もちろんおじいさんの指紋は遺体から採らせていただいて除外してますよ」

「あっ、そうか。そうですよね」

私、やっぱり気が動転している。おかしなことを口走ってしまった。頰が熱くなる。

「おじいさんでも、可奈さんでも、木村さんでもない指紋があったんです」

「カモさん、それって有馬のでもないのよね」

夏美が聞いた。

「もちろんです。すいませんねえ、ややこしくて」

夏美のおかげでごまかせた。いつの間にか可奈は、夏美のことを心強く思っていた。初めはおかしな人だと感じたし、鬱陶しかった。しかし、もしも警察官ばかりの中でたった一人だったら、可奈は耐えられなかっただろう。

鴨志田が続けた。

「有馬の指紋は、そこの玄関の引き戸にしかありませんでしたからねえ。おそらく家に入ってから手袋をしたんでしょう」

岡部がノートＰＣのディスプレイを倒して見せてくれた。

「その身元不明の指紋を本庁にデータを送って調べたんですが、指紋データベースにもヒットしませんでした」

たくさんの指紋が黒い画面に白く映っている。

「へえ、すごい」

夏美が身を乗り出したが、鴨志田は微笑みながらディスプレイを立てて見えなくした。

「警察が追っかけてる人じゃないってことよね」

「そういうことだね、夏美さん」

夏美の問いに飯沼が答えた。

「その指紋なんですけどねえ」

鴨志田が続ける。

「圭一郎さんの部屋にある引き出しに入っていた書類から見つかったんです。クリアファイルに挟んでありました。圭一郎さんの銀行の口座番号や暗証番号とか大事なことが書いてありましてねえ」

可奈はその場所を思い出しながら頷いた。

「この身元不明の指紋。誰のものなんだろうって、ことなんだよね」

飯沼がゆっくりと話す。

「可奈さん、この家に普段、誰か出入りしてないかな」

「いえ、そんなことはないです」

「圭一郎さんの介護の人を言ってるわけじゃないよ。たとえば近所の工務店や馴染みの電気屋さんがいて、時々どこか直してもらっているとかは？」

「エアコンの修理を頼んだことはありますけど、馴染みというわけじゃないです」

「それなら馴染みじゃなくてもいい。圭一郎さんの部屋を物色することができそうな人は？」

可奈は首を傾げた。夏美が聞く。

「イーさん。そしたら、有馬は犯人じゃないってこと？」

「いやいや、私は有馬が犯人だと考えてる。今、取調室だから、じきに自供すると思うんだけどね。ただこの指紋がちょっと気になるんだ」

鴨志田が続けて言う。

「可奈さん、最近じゃなくてもいいですよ。家に遊びに来る古いお友だちとかいたんじゃないですか。碁仲間とか。立派な碁盤ですよねえ」

祖父の部屋の碁盤は足が付いていて、重く本格的なものだ。可奈は正直に言った方が良いと思った。

「私、昔のことはわからないんです」

「ああ、子どもの頃のことは覚えてないですよねえ」

「いえ、私、この家のことは八年くらい前からしか知らないので」

「うん？　引っ越して来たってことか」

飯沼が手帳をめくった。

「可奈さん、この家はもう三十年以上前から山咲圭一郎さんの名義だけど」

可奈は少しためらったが続けた。

「私はずっと施設にいたんです」

鴨志田が傷のある頬に手をやった。

「施設というと」

「私、生まれた年に父親が事故で亡くなったので、母は父の実家のこの家に引っ越したんです」

飯沼が「そうだったのか」と重々しく言う。

「おじいさんが話してくれたんだね」

「……はい。祖父に聞いたことです」

鴨志田が言う。

「お母さん、ご苦労されたでしょうねえ」

「それで私が赤ちゃんのときに、今度は母親が姉を連れて失踪してしまったんです」

「それは……大変でしたねえ」

「祖父には私を育てることができなくて施設に預けたそうです。上田のあけぼの園というところです」

「あけぼの園だね。知っているよ。そうだったんだね」

飯沼が優しく言った。

「私はそこで小学生まで暮らしていたんです」

鴨志田が聞く。

「その後、ここに戻ったんですか」

「**はい、小学三年生になった春、祖父が施設に来たんです。**私は自分のことはできるようになっていましたから、祖父に引き取られました。その後、この家から学校に通うようになったんです」

鼻をかむ音がした。

「ごめんなさい」

夏美がポケットティッシュを何枚も出していた。目と鼻にあてている。そのとき、何かが落ちたような大きな音がした。

「えっ、どういうこと」

廊下の突き当たりで大声が聞こえた。南原だ。

「どうした、南原」

「死体がありますす。床下に死体が」

可奈の心臓が跳ねた。

「なんだと」

飯沼と鴨志田が奥の部屋に走る。可奈はその背中を追った。納戸の畳に布団や衣装ケースが重ねられている。押し入れの中にあったものだ。飯沼が納戸の入り口で手を上げた。

「可奈さん、入らないで」

飯沼の広い背中の脇から、床にぽっかりと穴が開いているのが見えた。押し入れの奥にあった床下収納のボックスが取り外されて、南原がその下をライトで照らしている。

「布団と衣装ケースをどかしたら、この床下収納がありました。これを外せば床下に潜れると思ったんです」

飯沼と鴨志田が交互に覗き込む。

「よく見つけたな、南原」

「飯沼係長が、畳の下って言わなければ、見逃してました」

南原は頬を紅潮させている。

「骨になっていますが、間違いなく大人の人骨です」

「いつ頃のものかわかるか」

「正確には言えませんが、数年以内のものでしょうね」

南原は頭を床下に突っ込んでいた。声がくぐもる。

「女性の骨ではないです。骨盤が狭いし、頭蓋骨が大きい……あっ砕かれています。殺人だと思われます」

飯沼が振り向いた。

「可奈さん、この死体は誰のものかな」

飯沼の口調が強い。

「わかりません、私には」

「可奈さん、正直に話してくれないか」

飯沼の諭すような問いに歯を食いしばって下を向いた。

「可奈ちゃん、どういうことなの」

腕が痛い。夏美に強い力で包帯を巻いた右腕を摑まれた。

「放して」

その手を振りほどいた。

沈黙が気まずく流れた。飯沼がケータイを出した。

「本部に応援を頼もう」

「イーさん、ちょいと待って」

鴨志田が飯沼の腕に触れる。

「呼ばなくても、おっつけ管理官ご一行が臨場しますよ」

「そりゃそうだが」

「本部が来る前に僕らで片付けてしまいましょ」

鴨志田はその本部から異動してきた人だ、とさっき聞いた。

「可奈さん」

鴨志田が可奈を見つめた。カメラのシャッターを切る音が何度も響く。南原が床下に手を伸ばして撮影していた。

「さっき家に来たスーツの人、市役所の人じゃないんでしょう」

息が止まるかと思った。

「おい、カモ、なんの話だ」

鴨志田は飯沼に答えずに、可奈を見つめ続ける。

「あのときは、この家が生活保護世帯なんだと思いました。あの人は市役所から生活指導をするための家庭訪問に来たんだろうってね。でも違いますよね」

「ええっ、違うの？　カモさん」

夏美の声がわななく。

「あの人は年金機構の職員じゃないですか。老齢年金の給付関係の仕事をしているんでしょうねえ。**受給者が本当にいるかどうか、確認に来たんですよ**」

「カモ、何を言ってるんだ」

「市役所に死亡届をお忘れなく、って言ってましたね。あの職員は訪問の目的を達したから、すぐ引き上げたんです。年金受給者の圭一郎さんが死亡したら、もう年金を給付する対象ではなくなりますからねえ」

可奈は身体が震えるのを抑えられなかった。

「もう一度言いますよ。あの職員は、この家に年金を受給している圭一郎さんがいることを確認するために来たんです。生きている圭一郎さんがいることをね」

鴨志田は可奈の反応を見るように言葉を切った。

「**ついでにもう一つ。座敷で死んでいるおじいさんの胸には古い傷跡が残っています。**介護をしている可奈さんならわかりますよねえ。どんな傷跡か教えてください」

そんなこと知るわけがない。

疑われているとはっきり悟った。鴨志田は気づいているのだ。可奈は何も言えなかった。

「可奈さん、さっき身元不明の指紋があるって言ったとき、何て答えましたかねえ」

汗がじわりと吹き出てくる。

「おじいさんの指紋じゃないんですか。そう言いましたよ。あれを聞いておかしいと思いました。可奈さんは、この家にある誰のものかわからない指紋なら、おじいさんのものだ。そう思ったんでしょう。でも圭一郎さんの指紋はもちろん採取してます」

可奈は口を噤んだままだ。

「そして納戸の床下にもう一つ、別の死体があった」

シャッターの音がやんでいた。南原もこちらをじっと見ている。永遠のような沈黙の後、鴨志田の声がした。

「可奈さんの言うおじいさんって、圭一郎さんのことじゃないんですね」

誰も言葉を発しない。可奈の耳に、時計の秒針の音だけが聞こえる。

あの圭一郎を家族のようにおじいさん、なんて呼べるわけがなかった。

飯沼が「カモ」と声を掛ける。

「ちょっと、わかるように話してくれ」

飯沼に言われても、鴨志田は可奈から視線を外してくれない。

「可奈さんだって、いつまでも隠したままでいられるとは思っていないでしょう。おじいさんの死体はこのままだと、司法解剖をしてから火葬されます。それでいいんですか」

可奈は唇を強く噛んだ。

いいわけがない。だけどもうそれしか……。

「DNA鑑定すれば、すぐにわかることですよ」

鴨志田に囁くように言われて可奈は観念した。

「床下にある死体は私の祖父の圭一郎です」

「なんだって」

飯沼が声を上げる。

「ちょっと可奈ちゃん、どういうこと」

夏美の声が交錯した。その夏美に両肩を摑まれた。

「可奈ちゃんのおじいさんはあっちの部屋で、布団の上で死んでいるじゃない」

夏美の権幕に、鴨志田が割って入った。

「木村さん、落ち着いてください」

可奈は絞り出すように言った。

「鴨志田さんの言うように、私は祖父の圭一郎のことを、おじいさんって呼んだことがありません。誰のものかわからない指紋は、祖父のものです」

「か、可奈ちゃん、何を言ってるのか、さっぱりわからない」

大声を上げる夏美に、鴨志田が宥めるように言う。

「ここは出ましょうねえ」

鴨志田が可奈と夏美を玄関に行かせる。祖父の部屋に横たわったおじいさんが見えた。可奈の眼から熱いものが噴き出す。両手を合わせた。

「おじいさん、私のせいでごめんなさい」

おじいさんを見下ろしていた飯沼が可奈を振り返った。

「可奈さん……」

「刑事さん、布団に寝ているおじいさんは小、、、、、堺さんという人です、、、」

第四章　古くて小さい子どもの指紋なんです

1　【小堺悠人】

悠人は山咲可奈の家の座敷に敷かれた布団に寝ていた。古くて少しかび臭い部屋だが、埃はなく、布団は清潔だった。可奈が用意した浴衣のサイズは悠人の背丈に合っていた。

「こんなところで、俺は何をしてるんだ」

独り言が口をつく。

とても樹には見せられない。「お父さん、これは、なんの真似なの」と目をむく樹を想像して少しだけ力が抜けた。

不安はあるが、とにかくこのミッションをやり遂げることだ。それほど難しいことではないし、すぐに済むことだと自分に言い聞かせた。何をするのかも、なぜそれをするのかも、よく理解している。

三日前、自転車と事故を起こしたあの日、悠人の家のチャイムは鳴り止まなかった。寝ていたココアは吠えまくっている。居留守を使うにしてもココアを黙らせないと、どうしようもない。照明を消した暗い廊下を、足音を忍ばせてリビングに行った。ドアを開けるとココアが吠えながら膝にぶつかってきた。悠人は小声で「静かにしろよ、ココア」と言いながら抱きしめた。手探りでキッチンカウンターに置いたボーロをあげた。頭を撫でて、落ち着かせようとしているとコンコンと音がした。玄関ドアをノックしているのだ。

ボーロを食べていたココアがまた激しく鳴く。悠人が口の前にボーロを出しても見向きもしない。こうなっては疲れ果てるまでココアは鳴き続けるだろう。

誰かわからないが帰るつもりがないのは明らかだ。ふと隣の三村ではないかと思った。朝、ココアの鳴き声の件で悠人にやり込められた奥さんが、仕事から帰った夫を連れて文句を言いに来たのかもしれない。

だとしたら応対した方がいい。家にいて普段と変わらない悠人の様子を印象づけておこうと思った。ドアホンのモニターを横から覗くように見た。向こうから見えないとわかっているのだが、なぜか正面に立つ気にならない。

訪問者はドアをノックしていてドアホンの正面を向いていないので、はっきりとはわからないが警官の制服ではなかった。若い女性のように見えた。やはり三村だ。

よかった。要は警察のアルコール検知器にかけられなければいいのだ。

少し気分が軽くなった悠人はドアロックを外してドアを開けた。

玄関の外に立っていたのが可奈だった。

「さっき私とぶつかりましたよね」

可奈は右腕を押さえて悠人をにらみつけた。後ろに自転車がスタンドで立ててある。

この子だったのか。まさかここまで追ってくるなんて。

悠人は眩暈がしそうになった。可奈のことは知っていた。通学途中の可奈と公園で会うことがあって、何度かココアと遊ばせてあげた。

コンビニに行ったときに、バイトをしている可奈と会うこともあった。高校生なのに大変な境遇だと思っていた。何もできないけれど応援してあげたい気持ちもあった。悠人はその少女をひき逃げしてしまったのかと暗澹《あんたん》とした気持ちになった。

悠人は可奈を玄関の中に招き入れて頭を下げた。真剣に謝罪した。申し訳ないという気持ちにうそ偽りはなかった。黙っている可奈に、警察に言わずに示談にしてくれるならいくらでもお金を払うと言った。

二度目の社会人生活と張り切って独立したのは六十歳のときだった。コンサルタントで得た収入があるから退職金には手をつけていない。老齢年金も支給を繰り下げた。その年金が今年、七十歳になって支給され始めたところだ。だからお金には余裕があった。

可奈は「警察に言わないで示談にしてもいいです」と言った。その言葉に悠人は天にも昇る心地だった。

しかし可奈の出した条件に耳を疑った。通報しない代わりに、一日だけ祖父の代わりをしてほしいと言った。今度は悠人が黙る番だった。

祖父は三年前にいなくなったという可奈の話を聞くうちに、年金詐欺の片棒を担ぐことを頼まれているとわかった。普通なら笑い飛ばすような話だが、断るなら警察を呼ぶと言われた悠人は拒むことなどできなかった。


今日は昼前に可奈の家に向かった。年金機構の職員が来るのは三時だと言われたが、事前に打ち合わせをしっかりしたいから、と悠人が申し入れたのだ。可奈の家までは、もちろん徒歩だった。家の前にＢＭＷを停めておくわけにいかない。

可奈に案内されて家の中を見て回った。家は老朽化していたし、わずかな家具も古いものばかりで、お金に困っていることは一目瞭然だった。

可奈は毎日のようにバイトしていると言うが、確かに祖父の圭一郎の老齢年金がなかったら可奈は一人で生活できないだろう。

圭一郎がいなくなったときに、福祉施設や学校の教師に相談できなかったのかと聞いたが、今さらそんなことを言われても、というだけだった。悠人は黙って頷いた。

悠人はこの三日間、長野県と上田市の福祉制度を調べていた。そのときに、ヤングケアラーと言われる子どもたちが全国的に増えていて、その多くが誰にも相談せずに一人で兄弟の世話や父母、祖父母の介護をしているという事実も知った。

今の可奈は、保護者がいないどころか、たった一人で苦しい生活をしている。悠人は可奈のような恵まれない生徒を支援する制度を簡単に紙にまとめてきた。レポートは得意だ。

可奈に制度の説明をした悠人は、リストにした相談先に連絡してみてはどうかと勧めた。しかし可奈は暗い顔をした。そんなことをしたら、圭一郎が死んでいること、三年間、年金を不正に受給していたことがバレてしまうからと言った。

「不正はよくないことだ」と言いかけた悠人は口を噤んだ。ひき逃げを揉み消そうとしている自分に言えることではない。

悠人は話を聞けば聞くほど、厳しい現実の中で必死に生き延びようとしている少女が哀れに思えた。娘の樹は独身だが、早くに結婚していればこのくらいの孫がいてもおかしくない。悠人は腹をくくった。

悠人は可奈から圭一郎の生年月日やこの家のことなど、年金機構の職員に聞かれそうなことをレクチャーしてもらった。悠人からもいくつか質問をしたが、それはすぐに終わった。

山咲圭一郎という男性に、それほど特別なプロフィールはなかった。可奈もあまり知らないようだった。

年金機構の職員が訪ねてくるまで、たっぷり時間がある。「練習しておきますか」と言われたが、悠人は持ってきたセカンドバッグを手にした。中から一枚の書類を出して可奈に渡した。事故の示談書だった。

あらかじめ示談書はワープロで作成しておいた。保険会社のサイトにあったテンプレートを使った。事故の内容については、単なる接触事故で『ひき逃げ』とはどこにも書いていない。示談金の支払いにより和解すると記してある。

可奈は十八歳未満だから契約行為をするには親の同意が必要だ。可奈には親がいないから、誰か後見人を立てないと示談書は有効にならない。しかし可奈がこれに署名をすれば、警察に通報しないという意志が明確になる。

可奈は悠人の目を見て「はい、署名します」としっかり答えた。悠人はこの少女は裏切らないだろうと思った。

悠人は可奈に診断書をもらってきてほしいと言った。そのために早く来たのだ。可奈は右手を普通に動かしていたから単なる捻挫だと思うが、後遺症の心配がないことを確認したかった。

可奈は大した怪我ではないからと嫌がった。しぶる可奈に慰謝料だと言って二百万円を見せた。捻挫なら保険も利くはずだから治療費にいくらもかからない。二百万円も払うことはないが、約束の対価なのだ。それで安心が買えるなら安いものだった。悠人はもう人生の終盤だ。これは残された時間を憂いなく暮らすための生きた金だと思った。

可奈は自転車で近くの医者に行った。これで悠人が無事に圭一郎になりすませば示談書が手に入る。一生の不覚としか言いようのない飲酒運転の事実は、もう誰も知ることがない。ひき逃げもなかったことになる。

明日からはいつもの日常に戻れる。

事故の翌日、動物病院から電話があった。獣医師が開口一番、「ココアちゃんの目のできものは良性でしたよ」と教えてくれた。できものが、また見つかったら早めに病院に行って、取ってもらえばいいそうだ。

ココアは何もなかったように元気に走り回っているから、もう心配はない。すぐに樹にラインをした。返信には特大のハートマークがついていた。

カーポートのＢＭＷを点検することは忘れなかった。左のフロントに微かな傷跡があった。銀色の筋は可奈の自転車の塗料だろう。家の塀に擦ってしまった、と言えばそれで通るレベルの傷だった。頑丈なドイツ車に感謝した。

ディーラーか板金屋に持ち込むのは、示談が済んでからにしようと思った。

なにか見落としたことはないかと考えた悠人は、ＢＭＷに設置してあるものを思い出した。冷や汗が出た。

慌てて処分して、ほうっと息をついたときに、降田からまた電話があった。「小堺さん、やっぱり僕にはできません。なんとかお願いします」という泣きの電話だった。

悠人はＰＣに保存してあったレポートに手を加えて再提出してやった。降田の懇願に応じたのは気が大きくなっていたのだと思う。それに示談さえ済めば、また仕事ができる。クライアントは大切にしないと、と思い直したのも事実だ。

ただし全面的に直したわけではない。第一、そんな時間はなかった。降田と部長の考えるリストラ策のメリット、ディメリットを整理し、そこに本来の悠人の提案を併記して、経営陣に判断を求める体裁になっていた。これで契約が更新できなかったら仕方がない。


悠人はトイレに立ったついでに、もう一度、無人の家を見て回った。人が生活している気配の感じられない寂しい家だった。奥の座敷と納戸は普段使っていないのだろう。空気がよどんでいる。畳は擦り切れたところが目につく。

床の間は雑然としていて、置かれている物は埃をかぶっていた。誰も手入れをしていないようだ。左手の納戸は照明を点けても薄暗かった。

風が吹いて窓がガタガタと鳴った。雨漏りがしても不思議ではない。台風のときとか、可奈はどうしているのだろう。きっと夜は不安で仕方がないだろう。

あらためてこの家で、たった一人、暮らしている可奈のことを思った。

圭一郎の部屋に戻って部屋の中を見回した。古いテレビがあるが映るのだろうか。ラジオも随分と旧式だ。スイッチを入れてみたが雑音しかしない。周波数を合わせる気にもならなかった。

普通ならありそうな写真立てもなかった。当然、圭一郎の写真は可奈がしまったのだろうが、家族の写真も一切ない。

部屋の隅に大きな囲碁の碁盤があった。それだけが圭一郎の趣味を想像させるものだった。

悠人はスマホの電源をオフにした。職員の面会中に鳴るのはまずい。セカンドバッグに入れて枕元に置いた。バッグの中には、帯封をした二百万円の現金と財布、そして示談書も入っている。

これで大丈夫だ。ほかに悠人の身元がわかるものはこの部屋にはない。

俺は山咲圭一郎だ。

可奈はまだ戻ってこない。国道沿いの医者はいつも混んでいるから待たされているのだろう。まだ時間は早かったが布団に入っていた。布団には馴染んでおいた方がいい。

圭一郎は足が弱っていて段差があるところは歩けないから、外には出られない。低血圧なので、家の中でもほとんど横になっているという設定だった。

段差が苦手なのはココアと同じだ。ココアには寝たきりにならないでほしい。

年金機構の職員に聞かれそうなことを考えながらシミの多い天井を眺めた。シミを見つめているると人の顔のように見えてくる。悠人は学生時代、演劇サークルに入って役者を目指していた。

「病人役をやったことがあったなあ」

下北沢の小劇場を思い出した。安い学生料金で定期公演に使わせてもらった。それでも部員が売りまくったチケット代をすべてかき集めたら、赤字でした、ということが多かった。

そうだ。答えられない質問をされたら、あの役と同じように咳き込んでしまえばいい。認知症の振りをするのもありだ。そういう年齢なのだから。そう思うと気が楽になった。

悠人は二日前、自分に起きたことを思い出した。

『お』という字が思い出せなくなったのだ。本やキーボードを見るたびに、ああ、この字かと思うのだが、またすぐに頭に浮かばなくなる。あいうえ、と書いて、次の『お』が出てこない。難しい漢字ではない。ただの平仮名だ。脳の中の『お』という字を記憶している場所に繋がる回路が遮断されたとしか思えなかった。

悠人は突然の不調に戸惑うより、むしろ人体や脳の不思議を考えさせられた。これが大規模になったら認知症というのだろうか、と思った。

翌日には問題なく思い出せた。疲れやストレスが原因の一時的なことだったのだろう。

「俺はまだまだ大丈夫だ」

悠人は布団の中で呟いた。仕事もバリバリしているし、人間ドックの検査結果も悪くない。今日を切り抜ければ、また忙しい毎日がやってくる。ココアの世話だってしなければ。

やるからには、演じきってやろう。

ここは自分の家、いつも寝ている布団なのだ。リラックスしていないとおかしい。

悠人は顎に手をやった。二日前から髭を剃らずにいた。家から出ない老人がきれいに髭を剃っていたら変だからだ。準備はできている。悠人は深呼吸を繰り返した。

はっと気がついたとき、悠人は寝入りそうになっていた。無理もない。事故を起こしてからというもの、心配したり興奮したりで、ろくに眠れなかった。心労が溜まっているのだ。『お』を忘れたのもそのせいだろう。

それもあと少しの辛抱だ。可奈が戻るまで仮眠しておいた方がいいかもしれない。

どこかで野良猫の鳴く声がした。ひもじくて震えているのだろうか。誰か、家にいれてやればいいのに。

悠人は眠りの浅瀬で揺れるがままに身を任せた。

＊＊＊

苦しい。息が。

悠人は跳ね起きようとしたが身体が押しつけられている。首に何かが巻き付いていた。誰かが馬乗りになって首を絞めている。空気を求めて首を両手で掻きむしったが、首と紐の間に指が入らない。

どうして。

誰が。

喘ぐこともできない。両手を振り回したが空を切るだけだ。目から涙が吹き出た。酸素を失った頭が爆発するようだ。上に乗っているのが誰かも見えないまま、視界が闇で覆われていった。

2【山咲可奈】

「うそ、うそでしょ。馬鹿なことを言わないでよ」

夏美はひどく興奮している。反対に可奈は、隠し続けてきた秘密を明かしたことで、かえって冷静になっていくのを感じた。

「鴨志田さんはいつ、わかったんですか。布団の死体が祖父じゃないって」

鴨志田は夏美を宥めたときにずれた紺の帽子を直した。

「この現場はどこか不自然な感じがしたんですよねえ。小堺さんという人の指紋、初めは圭一郎さんのものだと思ってましたけど、くっきりと新しいものばかりだったんです。古いものは一つもなかった。まるで今日初めて来た人のもののように」

鴨志田は横たわる小堺に目をやる。

「遺体が寝ていた布団やシーツもきれいでしたよ。洗い立てじゃないですか。寝たきりのご老人のいる家にしては清潔すぎます」

シーツは昨日洗濯した。布団も押し入れから出して干したから、ふかふかだ。それが余計なことだったのか。まさか鑑識官に調べられるとは思わなかった。

「学校には風邪で休むと連絡したんですねえ」

鴨志田は吉沢と穂乃香との話を聞いていたんだ。やはり油断がならない。

「でも可奈さん、風邪を引いてるようには見えませんよ」

「お医者さんでもらったクスリを飲んだら熱が下がったんです」

「国道沿いの病院ですね。今日、可奈さんに風邪薬を処方したか聞いてもいいですか」

「……以前もらって家にあったクスリです」

鴨志田は信用していない顔だ。

「その手はどうして捻挫したんですか」

「ああ、カモ。それはバスケでだ」

鴨志田は飯沼の言葉に首を左右に振ってみせる。

「さっきのクラスメート、可奈さんのファンだそうだけど、その捻挫のことを知らなかったんです。部活をしていない可奈さんがバスケをするなら体育の授業でしょう？　授業中に可奈さんが捻挫したのを、ファンが気づかないのはおかしいですよ」

まさかあの二人が来るなんて思わなかった。

「何か別のことで捻挫したんですよねえ。きっと言えない理由だと思いました」

「歩いていて転んだだけです。でも鈍くさいから、ついバスケでなんて言ってしまったんです」

飯沼が「ああ」と言った。

「可奈さんが好きな、あの漫画の主人公もバスケの試合で派手に転んで捻挫していたね」

可奈は飯沼に「何か事故かい」と聞かれたときに慌てた。もっともらしい理由をつけようと思って、読んでいた漫画の主人公に自分を重ね合わせた。好きなバスケを思う存分している自分を想像してしまったのだ。

可奈はつかなくてもいいうそをついた自分が哀れに思えた。

「そうでしたか」

鴨志田が引き取るように言う。

「風邪を引いたのもバスケで捻挫したのも、可奈さんにとっては小さなうそだったんでしょうねえ。でもあのとき、この現場にはうそが交じっているかもしれない。そう思ったんです」

可奈はもうすべてを話して楽になりたいと思った。

「そう考えると訪ねてきた職員といい、身元不明の指紋について可奈さんが言った言葉といい、おかしかったですよ」

飯沼が「そうか」と呟く。鴨志田はタブレットにちらりと目をやった。

「身元不明の指紋は圭一郎さんの個人的なお金関係の書類についていたんです。そっちが圭一郎さんの指紋だったら、すべてが符合する。そう思いました」

可奈は指紋のことなど考えたことがない。そもそもこんな事件が起きて警察に調べられるなんて思ってもみなかった。

「そんな昔の指紋が残っているなんて」

「確かに圭一郎さんのほかの指紋はありませんでした。時間が経ってますからねえ。でもね、紙についた指紋は消えにくいんですよ。しかも引き出しの奥のような直射日光が当たらない場所なら、なおさらねえ」

鴨志田は一息ついて続けた。

「小堺さんという人に頼んだんでしょう。あなたのおじいさん役をしてくださいって」

「おじいさん役だって」

飯沼の声が上擦る。

「可奈さん、年金の不正受給をしていたんですね」

鴨志田の言葉は畳みかけるようだった。

「年金機構から職員が訪問するって、はがきが来たんですねえ。ひょっとして目をつけられていたのかもしれない。それで圭一郎さんの身代わりを立てたんでしょう」

可奈は鴨志田の顔を見つめた。

「そうです。今日一日だけ祖父の代わりをしてもらおうと思って」

可奈は膝に置いた両手を固く握りしめた。

「年金がないと暮らしていけなかったんです。私のバイト代だけではとても足りません。授業料以外にも、副教材費や修学旅行の積み立てとか、あるんです」

可奈は堰を切ったように言った。誰にも言えずにいたことだった。

「どんなにバイトのシフトを入れて、廃棄食品で食費を切り詰めたって、足りないんです。生きていけないんです」

鴨志田が言う。

「可奈さん、わかりますよ。いや、軽々しくわかるなんて言っちゃいけないかな。でもきっと大変だったんでしょう」

「だから、小塀さんに一日だけ祖父の振りをしてもらえばいいと思って」

可奈は小塀の冷たくなった身体を見やる。

「でも小塀さんは私のせいでこんなことになってしまった。おじいさんが亡くなったって聞いたとき、床下の祖父の死体が見つかったのかと思いました。だって、小塀さんが殺されるなんて、あり得ないじゃないですか」

小塀に申し訳なくて、自分が情けなくて、可奈はまた泣きたくなった。

「……もう私、どうしたらいいのか」

飯沼が口を開いた。

「と言うことは、その身代わりの小塀さんが殺されたということか。どうしてそんなことに」

「そんなの……私が知りたいです」

鴨志田の視線を感じた。

「圭一郎さんの死体を、地下に隠したのはあなたですねえ」

「はい」

鴨志田はごまかせないと思った。

「圭一郎さんは、なぜ死んだんですか」

鴨志田は、朝食は何を食べましたか、と聞くようにあっさりと、その問いを口にした。可奈はニスが剝がれて黒ずんだ廊下を見つめた。

「カモ、ちょっといいか」

飯沼が鴨志田の肩に手を置く。

「可奈さん」

飯沼の声音は優しい。

「君は未成年だ。少年法に守られている」

可奈は飯沼の顔を見た。

「そして君はヤングケアラーだ。いや、ヤングケアラーだったんだな。たった一人で圭一郎さんの介護は辛かっただろう」

飯沼が何を言おうとしているのか、わかった。可奈は手紙の一文を思い出した。

可奈、もうあなたは自由です。幸せになってください。

今が、そ、の、と、き、だ。

可奈は顔を両手で覆った。飯沼の声が聞こえる。

「可奈さん、君は圭一郎さんを――」

可奈は飯沼の言葉を遮った。

「私の母が殺しました」

手のひらでつくった闇の外で、飯沼が息をのむ気配がした。

「お母さんが？」

手を下ろして、質問した飯沼に頷く。

「お母さんは失踪してるんじゃないのかい」

「その頃、祖父は足が弱くなって、外出しなくなっていました。昼間からお酒を飲んで、酔って寝てました。私は祖父の介護や食事の支度に追われて友だちと過ごす時間もなくて。本当に苦しい毎日だったんです」

その場の全員が可奈の言葉を待っている。

「ある日、私が学校から帰ると祖父が死んでいたんです。枕元に母の手紙がありました。それを読んでもらえば、私が話していることが本当だとわかります」

鴨志田がそっと言った。

「可奈さん、見せてもらえますか」

「二階の部屋にあるので取ってきます」

「南原君、一緒に行ってくれるか」

「はい」

可奈は南原に付き添われて二階の自分の部屋に上がった。南原は無言だった。引き出しを開けて奥に手を入れる。重ねた参考書類の一番下に封筒の感触があった。古い手紙を取り出した。

一階に戻った可奈を鴨志田が立って待っていた。

「可奈さん、ここは狭いから居間でお話ししましょうか。木村さんも座ってください」

可奈は庭に面した居間に入って座卓に着いた。畳の上から茶色いカーペットが敷いてある。角度の低い冬の日光が差し込んでいて、座ると足が暖かかった。

正面に鴨志田が、飯沼と南原がその左右に座った。可奈の隣には夏美が座ったが、放心したように黙りこくっている。

カタカタという音が響いていた。岡部だけは奥の座敷でノートPCを操作している。まだ調べることがあるのだろうか。

可奈はテーブルの上に封筒を置いた。表には『可奈へ』とだけ書かれていた。封は最初からされていなかった。

「母からの手紙です」

「可奈さんが生まれた頃に失踪したんだったね」

飯沼に頷いて、封筒から数枚の便箋を出した。丸くて小さくて、少し傾いた字が便箋に並んでいた。初めて母の字を見たときの驚きを思い出した。ずっと母なんかいないと思っていた。なぜ今になってこの家に来たのか。この手紙はなんのつもりなのかと。

「可奈さん、読ませてもらってもいいですか」

鴨志田の声に首を縦に振りながら便箋をテーブルに置いた。

「南原君、みんなに読んで聞かせてくれるか」

「……はい、わかりました」

南原が姿勢を正して便箋を手にした。

「読みますね」

3　【山咲奈緒子（手紙）】

可奈へ

ごめんなさい。

許してもらえないことはわかっているけど、お母さんは謝ることしかできません。お母さんなんて呼んでもらえないでしょうね。この手紙も破り捨ててしまいたいでしょう。でもこれはあなたにとって大切なものなので、持っていてください。

この手紙は、圭一郎の死体の横に置いておくことにします。あなたが今、手紙を読んでいてよかった。私が圭一郎を殺すことができたということだから。

私、山咲奈緒子は圭一郎を殺しました。

この手紙は私が圭一郎を殺したという証拠です。万一、あなたに疑いが掛かるようなことがあったら警察に渡してください。そのときのために、どこかに大切にしまっておいてください。くれぐれもお願いします。

私はあなたを捨てました。圭一郎という人の皮を被った鬼から逃げるために。私だけでなく、あなたのお姉さんの優奈も鬼から守ってやらなければならなかった。でもそのためにあなたを置いて家を出たことは、決して許されることではありません。

本当に、本当にごめんなさい。

順を追って話します。

私はあなたのお父さんと優奈と一緒に三人で暮らしていました。そして可奈が生まれた。貧しかったけれど家族四人、幸せな毎日でした。

ところが、可奈が生まれてすぐにお父さんが事故で亡くなったのです。

私は優奈とあなたを保育園に預けて働きに出ようとしましたが、保育園には空きがありませんでした。

ハローワークにも通いましたが、乳児を抱えた私を雇ってくれるところはなく、すぐに家賃が払えなくなりました。

私には身寄りがなかったから、頼る人は圭一郎しかいなかった。圭一郎はすでに一人暮らしでした。

私は優しそうな圭一郎に騙されて、お父さんの育った家に優奈とあなたを連れて引っ越しました。

私はあなたたちを圭一郎に預けて、工場で働くようになりました。しばらくは平穏な日が続きました。

数か月経ってから鬼が牙をむいたのです。

圭一郎は私に乱暴をするようになりました。そしてここに書けないようなひどいことをされました。それは私には地獄のような日々でした。

だけど私には圭一郎の家を出て行くあてもなく、あなたと優奈を食べさせていくお金もなかった。あなたたちのために、私一人がこの地獄を耐え忍べばいい。そう言い聞かせていました。

ある日、私はあなたをおぶって買い物から帰りました。そして圭一郎と留守番をしていた優奈の身体にその傷跡を見つけました。鬼は小学生の優奈にまで魔の手を伸ばしていたのです。

優奈を問いただした私は愕然としました。優奈は恥ずかしくて、怖くて、ずっと黙っていたと泣きました。

圭一郎は私が工場に仕事に出ている間を狙って、何度もその非道を繰り返していたのです。

私は絶望しました。怒りに駆られて包丁で圭一郎を殺してやろうと思いました。でもそれをしたら私は牢屋に入ることになる。

残された優奈もあなたも生活できなくなってしまう。

思いあまった私が取った行動は、あなたには許してもらえないでしょう。

私は優奈だけを連れて逃げたのです。どこか遠いところに行って、住み込みの働き口を見つけようと思いましたが、赤ちゃんのあなたまで連れていくことはできなかった。

あなたのことは養護施設に頼みました。保護者がいない子どもは国が守ってくれると信じるしかありませんでした。


それから私と優奈は田舎を点々と渡り歩きました。やっと住む場所を見つけたと思ったら追い出される。その繰り返しでした。

優奈がいじめられて仕方なく出て行ったこともあります。苦労の連続でしたが、それでも一日として可奈のことを思わない日はありませんでした。

それだけは信じてください。

あなたの愛らしい顔を思い浮かべて、何回泣いたことでしょう。


私は難病を患っています。医者からは余命宣告を受けました。きっとあなたを捨てた罰が当たったんです。

もう何をしても助からないと言われたので、辛い投薬治療はやめました。あとは死を待つのみです。

優奈は成人しましたから心残りは可奈、あなたのことだけです。

養護施設に電話をしてあなたのことを聞いた私は目の前が暗くなりました。祖父の山咲圭一郎さんが五年前に引き取った。そう言われたのです。

今も二人で暮らしていると。

あなたが十八歳になるまでは施設が面倒を見てくれる。私はそう思い込んでいたのです。なんて浅はかだったのでしょう。


あの人でなしが、子どもの世話をしようとするわけがありません。

優奈が傷つけられたのも小学生のとき。

可奈もあの鬼にひどいことをされているに違いない。それを考えただけで私はいてもたってもいられなかった。


あなたを助けなければ。

幸い、投薬治療はやめたから身体は動きました。


今、私はあなたを地獄から救うために、そして私自身の復讐を果たすために新幹線に乗って上田に向かっています。あの家に着いたら、すぐに圭一郎を殺します。

引っ越していないことは調べてあります。家の鍵は捨てずに持っていました。

圭一郎を殺したら私はどうなっても良いのですが、母親の私が殺人犯だと、可奈と優奈の人生の障害になるのではと思います。

だから自首はしません。私はすぐに姿を消します。このことは誰にも話さないことにします。

可奈はこの手紙を読んだら警察に連絡してください。学校から帰ったら祖父が死んでいた。そう言えばいいでしょう。

空き巣狙いが圭一郎に見つかって、居直って殺して逃げてしまった。警察はそう考えると思います。

だけどもしも可奈が疑われたら、この手紙を警察に渡しなさい。

私は胸を張って罰を受けることにします。

可奈、こんなことしかできないお母さんを許してください。

ごめんなさい、可奈。

可奈、もうあなたは自由です。幸せになってください。

奈緒子

4 【山咲可奈】

「すいません、私」

手紙を読み終わった南原が鼻をかんだ。南原は手紙を読みながら何度も言葉に詰まった。涙もろいように見えた夏美は泣いていなかった。蒼白な顔をしている。悲惨な話と思いも寄らない事実にショックを受けたのだろう。

口を開いた鴨志田の声はとても穏やかだった。

「可奈さん、なんと言っていいのか。圭一郎さんは、ひどい人だったんですねえ。お母さんも逃げたくなるでしょう」

「あの男のことは思い出したくありません」

「手紙には可奈さんに、警察に連絡するように書かれていますね。どうして死体を隠したんですか」

「私は……私を捨てた母を恨んでいました。だけど母は私のために圭一郎を殺してくれたんです」

可奈は母が手紙で書いたように、圭一郎と呼び捨てにした。

「その手紙を読んだら、母が犯人だなんて言えなくて。もうじき死ぬというときに逮捕されて、人の目にさらされるのは可哀想すぎます」

南原がまた鼻をすすって言った。

「可奈さんはお母さんを庇ったのね」

「はい。それに保護者がいなくなったら十四歳だった私は施設に逆戻りです。それは嫌でした」

飯沼が「施設でも辛い目に遭ったんだね」と言う。可奈は頷いた。

「私は誰の束縛も干渉も受けずに暮らしたかった。だから死体を床下に隠して黙っていたんです」

鴨志田がまた口を開く。

「圭一郎さんがいなくなったこと、誰も気がつかなかったんですか」

「ここは街から離れてるし、近所とは付き合いがなかったんです。圭一郎は短気で、いきなり人を怒鳴りつけることが多かったから毛嫌いされてました。誰も寄り付かなかったし、圭一郎が外を出歩かなくなって、みんなほっとしていたと思います」

鴨志田の質問は続く。

「訪ねてくるお友だちもいなかったんでしょうねえ」

「私の知る限りは一度もありませんでした」

圭一郎の部屋には立派な碁盤があったから、昔は碁を打ちに来る友人がいたのかもしれないが、可奈は一度も見たことがなかった。もう亡くなっていたか、老人ホームのような施設に入っているのかもしれない。

圭一郎が死んでからの三年近く、近所の人に圭一郎が家にいないのでは、と思われるようなことは一切しなかった。

圭一郎の古い自転車や碁盤も捨てたかったが、残しておいた。

「圭一郎の口座には老齢年金が振り込まれていて、生きている頃から私がATMで引き出していました。買い物はすべて私がしていましたから。二か月に一度、定期的に振り込まれる年金があったから、なんとか生活ができて学校にも通えていたんです。それがなくなったら……」

年金がもらえなくなったらと考えたときに、言いようのない心細さに襲われた。南原が下を向いて何度も頷いている。でも同情はいらなかった。

「だからそのまま、もらい続けました。私は圭一郎の死を隠して、年金の不正受給をしたんです」

「いつかはバレると思わなかったんですか」

「高校を卒業して就職したところで、圭一郎が行方不明になったことにするつもりでした。ここは家から少し歩くと山林が広がっています。崖もあります。下には千曲川に流れ込む急流もあって、お年寄りが行方不明になることは、時々あるんです」

飯沼が「その通りだな」と言う。

「確かにこのところ、そういう事件が増えた。認知症で徘徊《はいかい》して熊に襲われたおばあさんもいたしな。でも可奈さん」

飯沼が自分の胸に手を当てた。

「我々警察の目は節穴じゃない。行方不明となれば、真っ先にこの家を調べることになったと思うよ。床下の死体も見つけただろうね」

「捜索願を出す前に、骨は砕いて捨てようと思ってました」

粉々にして滝壺に捨てれば見つかることはない。その場所の目星はつけてあった。

「死体がなければ行方不明だとされる、と法律の本に書いてありました。そのまま七年経てば死亡したことになるって」

「失踪宣告か。いや、だけどね――」

「ええっ」

飯沼の話を遮るように奥の座敷から頓狂な声が聞こえた。

「なんだ、岡部は何をしてるんだ」

飯沼が顔をしかめた。鴨志田が苦笑する。

「イーさん、いいんです。ちょっと調べてもらっているんで。可奈さん、続けて」

可奈は奥の部屋が気になったが話を続けた。

「……年金機構に所在不明届という書類を提出すれば、そこで年金は止まると年金機構のサイトに書いてありました。捜索願を出してから、その不明届を郵送しようと思っていました。そのとき、圭一郎は捜索中です。七年経たないと死亡したことにならない。つまり不明届を出した時点では生きていると見なされるわけだから、それまでは年金の不正受給にはならないはずです」

「よく調べましたねえ」

「とにかく就職して、お金を稼げるようになれば、圭一郎の年金に頼らなくても暮らしていけます。それまで隠し通せればと思っていました」

鴨志田が尋ねた。

「それで今日、小堺さんという人に身代わりを頼んだんですね」

「以前、年金機構から、年金受給者の現況確認というはがきが来たことはあります。それに圭一郎の名前とかを記入して送り返せば良かったんです。それなのに今年は年金機構の職員が訪問するという通知が来たんです。それで困ってしまって」

飯沼が「そうだったのか」と言う。

「最近、受給者が死んだことを隠して受給を続けるケースが増えたんで、確認を厳しくしたんだろうな」

飯沼は言ってから可奈に気づいたようだ。

「すいません。私もその一人です」

「可奈さん、小堺さんという人はお金持ちなんですかねえ」

鴨志田の唐突な質問に可奈は首を傾げた。

「なんだ、カモ」

飯沼も怪訝《けげん》そうだ。

「イーさんが言ったように、このお宅に銀行の帯封のついた札束が二つもあったとは考えにくいんですよ」

「やっぱり、そうだよな。帯封付きだもんなあ」

飯沼が後頭部に手をやる。

「でも小堺さんが持ってきたとしたら、しっくりくるんです」

「おい、カモ、それはどういうことだ」

飯沼が声を上げた。

「僕にもわかりませんよ。——可奈さん」

鴨志田に見つめられた。

「小堺さんって誰なんですか。どうして小堺さんは圭一郎さんの振りをしてくれたんですか。それが知りたい。小堺さんが二百万円を持ってきた、というのは僕の想像ですけど、それを有馬が盗んだというのが一番、筋が通るんです。小堺さんは何か理由があったから持ってきたわけですよねえ。可奈さん、教えてください」

可奈は包帯を巻いた右手を触る。

「数日前に自転車に乗っていて、小堺さんの運転する車にぶつけられました」

飯沼が「なんと」と呟く。

「私は転びましたが怪我は大したことなくて、この通り、捻挫になったくらいで済みました。でも車はそのまま逃げてしまったんです」

南原が憤然とする。

「ひき逃げじゃないですか」

「私、腹が立って自転車で追いかけました。追いつけなかったけど車が分譲住宅地に入っていくのは見届けたんです。お金持ちが住んでいるところです。車のナンバーは倒れていたときに見て覚えてましたから、一軒一軒見て回って車を見つけました。それが小堺さんの家だったんです」

鴨志田は頬に指をやる。

「小堺さんは、お金はいくらでも払うから、なかったことにしてくれと言いました。そのときに気がついたんです。小堺さんは年格好が圭一郎と近いということに。それで思い切って圭一郎の代わりをお願いしたら了解してくれたんです」

飯沼が「なるほど」と手を打つ。

「ひき逃げは救護義務違反だからね。免許取り消しだし、間違いなく起訴されるだろう。それを免れるためなら、ほんの一時、圭一郎さんの代わりに寝ているくらい、なんでもない」

鴨志田は可奈の包帯をじっと見た。

「しかし大怪我をさせたわけではないですよね。接触事故程度で、小堺さんはどうして逃げたんでしょう」

「……それは私にはわかりません」

可奈は鴨志田の言葉に追い詰められていると感じる。

「可奈さん、あのご遺体が小堺さんのものだとしたら、身元を示すものが何もないのはどういうわけですか。ケータイや財布がないのはおかしいでしょう」

「小堺さんはセカンドバッグを持っていて、その中にスマホやお金を入れてました。私が病院に行ったときには、布団の枕元に置いてありました。それを有馬さんという人が盗んだんじゃないでしょうか」

「お金？」

鴨志田は聞き逃さなかった。

「慰謝料を払うから示談書にサインしてほしいと言われました」

診断書がコートの内ポケットに入っている。二代目らしい若い医師は「捻挫で診断書なんて大げさだね」と笑ったが書いてくれた。

鴨志田が頷いた。

「その慰謝料が二百万円だったんですねえ、可奈さん」

「はい。黙っていてすいません」

可奈は思いも寄らない大金に驚いた。身代わりをしてくれた上に慰謝料までもらえるとは考えなかった。そのお金があればどれだけ助かることか。そして小堺にとって、示談書を交わすことが、何よりも大切なのだと想像できた。

自分にできることはしてあげようと思った。職員が来るまでには充分時間があったから可奈は病院に向かった。

家に戻って飯沼から紛失したものがないか確認するように言われた。小堺が二百万円をしまったセカンドバッグがないことに気づいたときは、がっかりしたが死体が小堺だとわからなくなって、かえって良かったと思い直した。でもやはりごまかし通せるわけはなかった。

飯沼が立ち上がった。

「よし、繋がった。小堺さんを殺したのはやはり有馬だ。この家にあった二百万円という大金に目が眩んだ強盗殺人ってことだ」

「ちょい待ち、イーさん」

鴨志田が止めた。

「有馬が二百万円を盗んだと考えると筋が通る。さっき僕はそう言ったけど、やはりしっくりこないんです」

飯沼が「なんだよ、さっきから」とカーペットに尻を落とした。鴨志田は続ける。

「有馬がこの家に目をつけた理由がわからないんですよ。この金目のものがなさそうな家に忍び込んだ理由です。そして小堺さんが寝ていて、たまたま二百万円がありましたというのは偶然すぎる」

「それは……まあ、そうだが」

鴨志田は飯沼から可奈に視線を戻す。

「可奈さん、有馬のことを知っていたのではありませんか」

可奈は頷いた。小堺に身代わりを頼んだことが明らかになってしまった以上、有馬を庇《かば》う必要もない。

「私、小堺さんにお願いする前に、圭一郎の代わりになってくれる人を探していました。同じくらいの年齢の人なら区別できないだろうと思って。それでネットを調べていたら『サクラバイト』のサイトが見つかったんです」

「サクラバイト？」

「結婚式とかのイベントに、友人や親の振りをするサクラを用意してくれるんです」

「ああ、そのサクラか」と飯沼。

「結婚式で友だちが少ないと肩身が狭いですもんね」と南原。

「サクラを頼んで、信州名物の万歳三唱をしてもらうってわけだ」

飯沼が両手を上げてみせる。

「それが有馬という人の会社だったんです」

「とんだ人材派遣業だな」

「祖父の話し相手になってくれるお年寄りを派遣してくれるように頼んだんですけど、なかなか返事がもらえなくて。事前に顔写真を見せてほしいって、条件をつけたせいかもしれません」

飯沼が「顔写真？」と聞いた。

「念のためです。年金機構が受給者の写真を持っているかもしれないから。あまりにも圭一郎と容貌が違っていたら、ばれてしまうかなと思ったんです」

「そういうことか」

「そうこうしているうちに小堺さんに身代わりを承諾してもらったから、有馬さんにはキャンセルの連絡をしたんです」

黙って頬の傷を撫でていた鴨志田が口を開いた。

「やはり有馬を知っていたんですねえ。有馬はキャンセルされたのに、なぜ可奈さんの家を訪ねたんですか」

「キャンセル料を払えと文句をつけにきたのだろうと思います。今日は年金機構の職員が来る日だから揉めたくありませんでした。私、言われるままにお金を払ってしまったかもしれません」

飯沼が困ったような顔をして可奈のことを見る。

「でもこの家には、そんなお金はなかったんじゃないのかい」

引き出しの中の千円札と小銭のことだろう。

鴨志田が「そうか」と言った。腕時計を見ている。

「可奈さん、今日は十二月十五日でしたね」

可奈はこくりと頷く。

「カモ、それがどうしたんだ」

「二か月に一度、偶数月の十五日。老齢年金の支給日です」

飯沼が「あっ」と声を上げた。

「年金保険料を納めてきた六十五歳以上の高齢者は、二か月に一度、老齢年金を受給できます。それが今日なんですよ。二か月分がまとめて指定の銀行や郵便局の口座に振り込まれるので、受給資格のある人は指折り数えて待っています」

南原が手を打った。

「うちの近くのスーパー、十五、十六日は特売なんです。そのせいなんですね」

「そう。シニアデーとか銘打って、お年寄りにはさらに安くしてるんじゃないかな」

南原はしきりに頷いている。

「有馬はその金を狙ったんでしょう」

飯沼は「ふうむ」と唸った。

「だから今日だったのか」

「年金機構の職員も支給日に訪問すれば、さすがに圭一郎さんと家族がしっかり対応するだろうと思ったんじゃないですかねえ。この日は絶対に忘れませんしね」

「よし、しっくりきたぞ」

飯沼が膝を叩いた。

「有馬がこの家を訪ねた理由もわかった。これで有馬の強盗殺人を立件できる」

「そうやろか？」

鴨志田がぼそりと言った。

「おいカモ、まだ何かあるのか」

飯沼はむっとしたような顔をする。

「誰が誰を殺したんだろうかと」

「誰が誰をって……だから有馬が小堺さんを殺したんだろうが」

「いや、そうではなくて」

「何を言ってるんだ」

飯沼に問われた鴨志田は黙り込んでしまう。

廊下をバタバタと走る音がした。

「鴨志田係長、わかりました」

岡部が居間に駆け込む。風船のような顔が赤くなっていた。

「うるさいぞ、岡部。さっきから何をやっとるんだ」

飯沼に睨まれた岡部は「すいません」と言いながら、鴨志田に開いたノートＰＣを差し出した。

「復元できました。ただそれが……」

鴨志田はＰＣを食い入るように見た。そして目を固く瞑った。

「ああ……やっぱりそうやったか」

目を開けた鴨志田はその場の全員を見渡すようにした。

「もう一つ妙なものが見つかりましたよ。指紋、古くて小さい子どもの指紋なんです」

飯沼が聞く。

「子ども？　可奈さんの小さい頃の指紋が残っていたということか」

「いえ、違います。指のごく一部の指紋なんですが、可奈さんのどの指の特徴とも一致しません」

「それは確かなのか。子どものときの指紋なんだろ」

「指紋は身体が大きくなっても、その模様自体は変わりませんから」

飯沼が眉を寄せる。

「近所の子どもが遊びに来たときについたんだろう」

「それが似てたんですわ」

「似てた？」

「木村さん、あなたの親指の指紋にそっくりなんです」

可奈は夏美の引きつった顔を見つめた。

鴨志田が頬の傷を指ですっとなぞった。ゆっくりと言う。

「これですべてわかりました」

5　【山咲可奈】

「木村さん。あなた、可奈さんのお姉さんですよね」

鴨志田が夏美を見て言った。

可奈は息をのんだ。

まさかそんなことが……。

夏美がテーブルに両手をついて血相を変える。

「違います。いい加減なことを言わないで」

鴨志田は顔色一つ変えない。

「ではどうして、あなたの子どもの頃の指紋がこの家に残っているんですか」

「何かの間違いよ。そんな古い指紋が残ってるわけないじゃない。指紋は時間が経つと消えちゃうんでしょ」

鴨志田は岡部から何かを受け取った。透明なビニール袋に入っていたのは、ライオンの粘土細工だった。黄色い身体に茶色いたてがみがついている。

「それは……」

夏美が幽霊でも見たかのようにライオンを凝視した。

「奥の座敷の床の間にあったものです」

鴨志田はビニール袋越しにライオンをつまんでお腹の方を見せた。そこにはくっきりと小さな指の跡が残っていた。

「このライオン、あなたが子どもの頃に作ったものなんでしょう」

「違うってば。そんな小さな指紋で何がわかるの」

「岡部君は指紋照合にＡＩを使っているって、話しましたねえ。彼はＡＩで消えかけた古い指紋や、一部の指紋から全体を復元する技術を開発したんです」

「指紋を復元？」

「そうです。まだ開発中ですから証拠能力はありませんけどねえ」

鴨志田がノートＰＣをテーブルに置いた。ディスプレイを倒して見えるようにする。手のひらほどの大きさに拡大した指の指紋が映っていた。

「白い大きな指紋は、さっき押してもらった夏美さんの親指の指紋です」

渦巻き模様の白い指紋の一部に、小さな赤い指紋が重なっている。

「その赤いのが、このライオンについている指紋です」

鴨志田は何かのキーを押した。すると赤い線が動き始める。何かを探すように蠢《うごめ》く赤い線は少しずつ広がり、伸びていく。

「今、ＡＩが赤い指紋を完全な、そして大人の指紋に復元しています」

可奈は手を握りしめて見つめた。一分もせずに赤い線は白い指紋を覆い尽くした。可奈の目には白い線がもう見つけられない。指紋の画像の横に表が現れた。細かな数字や記号が並んでいる。その下に一行の文字と数字が点滅した。

『一致信頼性98・8％』

「間違いありません」

岡部が誇らしげに言った。鴨志田はＰＣをどかして夏美に向き直る。

「まだ否定されますか」

夏美は俯いてしまう。

「その場合はＤＮＡ鑑定をしますよ。あなたが可奈さんと姉妹かどうかは、ＤＮＡを調べれば簡単にわかりますから」

夏美の目元が痙攣している。

「木村さん。どういうことか、ご自分の口から話しませんか」

呻き声がした。夏美が両手で覆った顔から漏れてくる。

「ごめんなさい。許して、可奈ちゃん」

「ほんとに、ほんとにお姉さんなの」

夏美はこくんと頷いた。

会ったこともないお姉さん。空想の中で何度も一緒に遊んだことがある。顔だけがいつもぼやけていた。この人が……。

「どうしてもっと早く言ってくれなかったの。引っ越しの挨拶に来たときに、何で言ってくれなかったの」

「言えるわけないじゃない。あたしはベビーベッドに寝ているあなたを捨てて、お母さんと逃げたのよ。あなたがたった一人で心細くて泣いているときも、辛い思いをしているときも、あたしはいつもお母さんと一緒だった。今の今まで放りっぱなしにしておいて、姉ですなんて、どんな顔して言ったらいいのよ」

「そんなこと」

可奈の頬を涙が伝う。夏美が抱きついてくる。両手で姉を抱きしめた。その熱い身体から、不思議に安らぐ匂いがした。圭一郎が死に、母もすでに死んでいるだろう。自分がこの世の中で繋がっている人は一人もいないと思っていた。

そうではなかった。

南原が遠慮がちに聞く。

「でも名前が……。可奈さんのお姉さんは優奈さんですよね」

夏美は可奈の身体を離した。

「居場所を祖父に知られないように**改名した**の」

エプロンのポケットからハンカチを出して目に当てる。鴨志田が言う。

「ストーカーやＤＶをする親から身を隠すためという理由で改名が認められることは多いですよねえ」

南原が頷いた。

「親に勝手につけられたキラキラネームを、嫌がって改名する人もいますよね」

「そうだったのか、夏美さん」

飯沼が唸るように言う。

「こんなときになんだが、今回の事件のおかげで姉妹の名乗りができたってことか」

可奈は自分の将来に一筋の光が差したように思った。

姉は私のそばに来てくれたんだ。

パンと手を叩く音がした。可奈と夏美は驚いて体を起こした。鴨志田は視線を集めるように手を上げている。

「さあ、きっちり片をつけないといけませんよ」

鴨志田が圭一郎の部屋に目をやる。襖が細く開いていて小堺の死体が見える。

「不運にも圭一郎さんの身代わりになって殺された小堺さん。誰が殺したのかってことです」

「カモ、だからそれは有馬の仕業だろ」

「いやいや。何で小堺さんが殺されたのか考えたら、これしかないと思います」

鴨志田はゆっくりと夏美の方を向く。

「木村さん、間違えたんでしょ」

可奈が片手を回した夏美の肩がびくりとする。

「あなたがこの家に圭一郎さんと一緒に住んでいたのは小学生のときです。それから十年以上は経っている」

「何を言いたいの……」

「布団の死体が圭一郎さんじゃないとわかったとき、木村さんはどうしてあんなに動揺したんですか。驚くのはわかるけど、木村さんには関係のないことなのに」

夏美の肩が激しく震えるのが怖かった。

「有馬がこの家を訪ねたときには、小堺さんは殺されていたんです。殺した犯人は強盗が目的じゃなかった。もしそうなら死体の枕元にあったセカンドバッグを持ち去ったでしょうからねえ」

飯沼が「ああ、そりゃそうだな」と言う。

「犯人の目的、それは圭一郎さんを殺害することです。そのためにこの家に忍び込んだんです。ところがですよ。殺そうとした人は圭一郎さんじゃなかった。寝ていたのは小堺さんです。それでも殺した。これはどういうことですか」

「おい、カモ……」

飯沼の喉仏が動く。

「それは犯人が圭一郎さんの顔を知らなかった。もしくは覚えていなかったからじゃないですか」

「あっ」

思わず声が出た。そのことに気づいた可奈の胃の底が冷たくなる。

でも、そんなことがあるのだろうか……考えたくない。

鴨志田が夏美の顔を見つめた。

「圭一郎さんの顔を覚えていないのはどんな人か。昔の圭一郎さんは知っていたけど、それっきり会ったことがない人ではありませんか。しかもそのとき、まだ小さな子どもだったら、記憶も曖昧なはずです。圭一郎さんの顔を見ても、本人かどうかわからないでしょうねえ。だから間違って小堺さんを殺してしまったんです」

全員の視線が夏美の体を突き刺す。可奈は姉の体に両手を回して言った。

「鴨志田さん、でもそれは全部、推測ですよね」

「証拠はすぐに見つかると思いますよ。木村さんのアパート、すぐそこですよね。これからお邪魔してもいいですか」

可奈は鴨志田をにらみつけた。

「鴨志田さん、さっきからなんですか。姉が犯人だって決めつけて」

「有馬の似顔絵、そっくりすぎましたねえ」

「えっ」

「さっき可奈さんのお友だちが来たときに、僕は木村さんのアパートを見ていました。見通しがいいから、あちらからこの家もよく見えるでしょう。でもちょっと距離がありますよ」

似顔絵を描いた南原も鴨志田を見つめた。

「それに有馬が逃げるときはアパートに背を向けるわけだから、正面から顔を見たのは、ごくわずかな時間のはずです。それなのに木村さんは有馬の特徴をしっかり捉えていた。南原君、変だとは思わなかったかい」

「夏美さんは視力が良くて記憶力が優れているんだと……」

「不審な人物を見て驚いているのに、あそこまで克明に覚えていられるだろうか」

南原は「それは」と言って首を捻った。

「木村さん、よほどこの家を注意深く見張っていたんじゃないですか。可奈さんが帰ってきたら、すぐにこの家を訪ねるつもりだったんでしょう。可奈さんは死体を見つけてパニックになっているでしょうから、どうしたの、大丈夫とか言ってね」

「カモ、それはどうしてだ。わざわざ犯行現場に来る必要はないだろう」

「木村さんは慎重な人なんじゃないですかねえ」

南原が「指紋……」と囁いた。

「その通り。この家の中に僕らよりも先に入ってしまえば、指紋が残っていても疑われずに済む」

南原が「髪の毛とかＤＮＡがわかるものも、そうですよね」と言った。

「僕らが採取した遺留品の中には、木村さんのものが交じっているでしょうねえ。少なくとも圭一郎さんを殺害した部屋には間違いなく」

夏美は何も言わない。可奈はなんでもいいから否定してほしかった。

「鳥が好きだと言ってましたねえ。バードウォッチング用の双眼鏡があったりすれば、よく見えたはずですよ」

可奈の腕の中で夏美が身じろぎをした。

「見るからに怪しい有馬がこの家から出てきた。介護スタッフでもないし、木村さんは自分の罪を着せられると思ったのでしょう。それで木村さんは有馬の顔を目に焼き付けた」

南原が「そうだったんですか」と呟く。

「そして木村さんは、可奈さんを待たずに、この家に来て有馬のことを証言するために１１０番したわけです」

見ていたかのような鴨志田の言葉に、夏美の肩から力が抜けた。

「木村さんの部屋に小堺さんの首を絞めた紐があると思うんです。それとね、もう一つ、大事なものがあるはずです」

「……」

「犯人はどうやってこの家に忍び込んだか不明でした」

飯沼が「そうだ、それも問題だ」と頷く。

「可奈さんは忘れずに施錠したと言った。それは正しかったんです。可奈さんが施錠し忘れたわけでもなければ、犯人が我々鑑識にもわからないように巧妙に鍵を開けたわけでもない。奈緒子さんの手紙で合点がいきました。木村さんは奈緒子さんが持っていた鍵でこの家に入ったんです」

夏美のくぐもった泣き声が漏れ出した。

「夏美さん。あなたもお母さんと一緒だったんです。圭一郎さんに虐待されている妹の可奈さんを救いたかった。そして圭一郎さんが、あなたにしたことを忘れられなかった。許せなかった。違いますか」

慈愛に満ちた声音だった。

「ああ、あたし、なんてことをしてしまったの」

夏美は泣き崩れた。

「まさか違う人が寝ているなんて」

6

【木村夏美】

夏美は鴨志田に促されて、アパートに行くために玄関でスニーカーを履いた。身体の震えは止まった。覚悟はできている。

タイヤが砂利を踏む音がする。可奈の家の前に黒塗りのバンが停まった。飯沼が先に外に出ながら言った。

「本部のご一行がお出ましのようだな」

南原と岡部が緊張した顔になる。夏美がよく見る刑事ドラマでは、本部が臨場すると所轄の警察官たちは、捜査の主導権を譲ってサポートに回る。本部と所轄の力関係ははっきりしている。本部の警察官はエリートなのだ。

バンからは男が五人、女性が一人、降り立った。夕陽が六つの長い影法師をつくる。全員がスーツを着ていた。年かさの男が飯沼に手を上げる。

「管理官の津村です。あとは引き受けるので状況の説明をよろしく」

また同じ話をするのだろうか。夏美は嫌だと思ったが仕方がない。夏美の脇をすり抜けて鴨志田が外に出た。

刑事たちが、はっとしたように鴨志田を見る。津村以外の刑事は姿勢を正して会釈をした。夏美は不思議なものを見た気がする。これでは所轄と本部が逆だ。

飯沼が津村に歩み寄った。

「ご苦労様です。ちょうど今、犯人が自白したところです」

「なんだ、解決したのか」

津村が拍子抜けしたような顔をした。

「ええ。それで、これから犯人の家を調べに行くんですがね」

飯沼は津村とそのまま小声で話し始める。鴨志田が夏美に頷いてみせる。

「木村さん、行きましょう」

夏美が鴨志田、南原と一緒に道に出ると、津村の声がした。

「おい、本宮。同行しろ」

「はい」

バンの隣に立っていた若い細身の男が駆け寄ってきた。髪をツーブロックにしていて清潔感がある。ちょっと刑事には見えない。

「鴨志田さん、お久しぶりです。よろしくお願いします」

「ああ、よろしく。こっちで引き続き調べていいかな。本部が来たのになんだけど、最後までやりたいんだ」

鴨志田は歩きながら、のんびりした口調で言う。

「わかりました」

本宮という刑事の方が緊張している。

「悪いねえ」

「とんでもありません。なんでも言いつけてください」

本宮の顔と声には間違いなく鴨志田へのリスペクトがあった。夏美はそっと南原を窺う。南原も口を開けていた。やはり本部のこの対応は普通じゃないらしい。鴨志田は本部から異動したそうだが、どういう存在だったのだろう。

訝《いぶか》しがる間もなくアパートに着いた。夏美は鍵を開けて、借りて間もない部屋に警察官を招き入れた。

「失礼します」

鴨志田と南原が靴を脱いで部屋に上がる。本宮は新米警察官が張り番をするように玄関に立っている。

1DKの部屋には、岡山から持ってきた段ボールが壁際にいくつか積んだままだ。

鴨志田が狭い部屋を見回した。

「荷物の整理はこれからだったんですねえ」

「落ち着いてからにしようと思って」

圭一郎を殺してから、ということだ。このアパートは賃貸物件サイトで可奈の家の住所を検索条件に入れて絞り込んだ。築二十五年で月三万五千円の賃料だが、夏美にとっては家賃や住み心地は二の次だった。可奈の家に近いことが最優先だ。

「この窓から可奈さんの家を見ていたんですねえ。うん、薄暗くなってきたけど電灯があるからよく見える」

可奈の家の玄関についたライトが辺りを丸く照らしていた。もうじき一番星が見えるだろう。山の麓にあるこの地の星は手が届くほどに近い。

鴨志田は窓の外を眺めてから、カウンターに目をやる。

「やはり双眼鏡、ありましたか」

そう言って手袋をはめた手で、双眼鏡を持つ。

「ああ、よく見える。玄関にピントがばっちり合ってますよ」

鴨志田は双眼鏡を南原に差し出す。南原は双眼鏡を可奈の家に向けて声を上げた。

「表札の文字が見える。これなら有馬の顔がはっきり見えたはずです」

「バードウォッチングのためじゃなくて、あの家を見張るためのものだったんでしょう」

鳥だって見ていた。そう鴨志田に言おうとしてやめた。

「それで木村さん、紐はどこにありますか」

夏美は部屋の隅のクローゼットを開けようとした。

「ああ、こちらで出します。その中ですね。南原君、頼むよ」

南原がクローゼットを開ける。夏美は指を差した。

「その引き出し収納ケースに」

「これですね、夏美さん」

南原がレジ袋を取り出した。白い袋にはホームセンターのロゴが入っている。床に膝をついた鴨志田と南原が袋の中身をあらためて写真を撮る。夏美はそれを、ぼうっと眺めていた。

あの家の前で可奈を待っているとき、夏美は計画通りに復讐を果たした達成感で胸がいっぱいだった。そして自転車に乗った可奈が近づいてくるのを見ながら、不幸な境遇の妹を救って自由にしてあげたという安堵の気持ちで涙がこぼれそうになった。

夏美は殺人という大罪を犯したとは少しも思わなかった。あれは正しい行い、制裁と救済だったのだから。

その高揚感は今、跡形もなく消え去っていた。

人殺し。自分はただの人殺しだ。見ず知らずの人を殺してしまった。その取り返しがつかない事実を受け止めきれない自分がいた。許されることではない。

夏美はキッチンに目をやった。

「木村さん、確認は終わりました。これはお預かりします」

鴨志田がビニール袋に入れて床に置いたものを指し示した。紐とナイフ、そしてハンマー。すべて午前中に上田駅の近くにあるホームセンターで購入したものだった。

「紐はあとで小堺さんの首の痣と一致するか確認します」

紐は滑らない頑丈なものを探して、結局キャンプ用品売り場まで行って買った。明日になったら山に行って捨てるつもりだった。できたら燃やそうと思っていた。

「ほかに買ったものはありますか」

夏美は首を横に振った。店のレジでもらったレシートは財布に入れてあったので、それも出して見せた。

「本当は……」

自分の声と思えないほど、しゃがれた声に驚いて咳払いをした。

「本当はスタンガンか催涙スプレーがほしかったんだけど、ホームセンターでは売ってないのね」

「護身用どころか悪い奴が犯罪に使うことが多かったんで自粛してるんですよ」

「ネットで買えるのは知っていたんだけど、あたしが買ったことがわかるんじゃないかと思って」

「そうですねえ。もしそのどちらかを犯行に使ったら、販売業者から最近の購入者の名前と住所を辿《たど》っていたでしょうね」

「日本の警察は優秀なのね。似顔絵や指紋のこともそうだけど、なんでもわかっちゃうんだもの」

鴨志田が「恐れ入ります」と笑う。ナイフとハンマーに目をやった。

「木村さん、この二つは使わなかったんですねえ」

夏美は赤いグリップのハンマーを指差した。鉄の部分に1・5kgと刻印されている。

「このハンマーで頭を殴るつもりだったのよ」

家に入ったときには、右手にハンマーを握りしめていた。いきなり殴りつけて、圭一郎が昏倒したところを紐で首を絞める算段だった。

「ナイフは念のため。抵抗されたら使おうと思ったんだけど、その必要はなかった」

木の鞘がついたフルーツナイフは、すぐに使えるようにジーンズの尻ポケットに入れておいた。

「小堺さんは寝ていたんですね」

「ええ、熟睡してた。首を絞めるまでは全然、目を覚まさなかった」

夏美は眠り込んでいたあの人の首に巻いた紐の端を両手に巻き付けて一気に左右に引っ張った。渾身の力で。

「可奈さんの家の鍵、持ってますよね」

夏美はテーブルの引き出しを開ける。銀色の鍵にはスヌーピーが付いていた。可奈の鍵も同じキーホルダーだった。母がお揃いにしたのだろう。南原が写真を撮ってビニール袋に慎重に入れる。

「あのライオンはいつ作ったんですか」

「小学二年のときだったと思う。夏休みの自由研究で。まさか残ってるなんて思わなかった。しかも床の間に飾ってあるなんてね」

あの粘土細工を作ったのは、圭一郎の家に引っ越して間もなくの頃だった。まだ圭一郎に手を出される前のことだ。

鴨志田の質問は淡々と続く。

「木村さん、岡山から引っ越してきたというのは？」

「本当よ。母と二人暮らしだった。岡山の前は和歌山と広島に住んでた。広島では二度引っ越したわ。転校するときに改名したの」

「苦労されたんでしょうね。失礼ですが生活保護を受けていたんじゃないですか」

「さっきのことね」

夏美は、年金機構の担当者のことを生活保護受給者の家庭訪問だと早とちりした。

「あたしが仕事を始めるまで受給していた。だから年に何回か、役所から家庭訪問があったの。それを思い出してしまって」

小さい頃の記憶は、いつも貧しくてお腹をすかせていたことばかりだ。それでも自分には母がいる。その幸せを噛みしめていた。母は圭一郎から自分を救ってくれた。小学生から中学生、高校生と成長するにつれて、夏美は病気がちな母を自分が支えていこうと強く思うようになった。

「母とあたしはどんなに苦しくても、助け合って生きてきたのよ」

鴨志田はテーブルの上の白いカバーに包まれた壺に目をやる。

「こ、こ、こ、この骨壺はお母さんですね」

「そうよ。岡山に縁があるわけじゃないから、あたしだけ、こっちに来たら独りぼっちになってしまう」

「お母さんが亡くなったのはいつですか」

「半年前。葬儀を済ませて家を処分して、私も仕事を辞めてこっちに来たの」

「難病だったんですよねえ」

「ずっと具合が悪くて通院していたんだけど、一向に良くならなかったから病院を代えて、その難病にかかっているとわかったの。膠原病《こうげんびょう》の一種なんだけど、免疫系の異常を伴う病気でね」

「そうですか。木村さんも看病とか大変だったんじゃないですか」

「そうね。手術で治る病気じゃないから投薬治療を続けたんだけど、クスリを飲むと母はひどく辛そうだった。その姿を見るのが一番悲しかった」

「クスリは副作用が半端じゃないのがありますからねえ」

「だからあたし、心配になって薬局で調剤事務をしたのよ。母のもらうクスリがどんなものなのか知りたくてね」

「そうだったんですねえ」

「薬剤師になりたかったけど、大学に行かないと資格が取れないでしょ。調剤事務なら無資格でもできるから。母は手のひらいっぱいのクスリを飲んでいたわ」

忘れずに、間違えずに飲むことだけでも大変だった。クスリの副作用を抑えるためのクスリも多かった。仕事をしながら薬剤の勉強をした夏美には、本当に必要なのかと思うクスリもあった。

複数の病院で処方されたクスリの飲み合わせには、ひどく気を遣った。

「余命宣告をされてからは、もう普通に暮らしてくださいと言われたから、きついクスリをやめて痛み止めだけにしたんだけど、あたしは正直、ほっとした」

書類に記入をしていた南原も鴨志田の隣に正座した。

「母が外出をしたのは、クスリを変えて一時的に元気になったときなの。私が朝起きたら部屋にいなくてね」

瀬戸内海が見えるリビングのテーブルに、夕方には戻るというメモが残されていた。

「本当に久し振りに一人で外に出たから心配しちゃった。気が気じゃなくて、ずっと待っていたんだけど、帰ったのは夜遅くなってからだった」

「お母さんはその日、ここに来たんですね」

夏美は頷いた。

「そのタイミングしかなかったはず。岡山からここまで六時間近くかかるから、上田にいた時間も短いと思う」

「病気の身体には大変なことだったでしょうね」

「家に戻ってあたしの顔を見た母は疲れ果てていた。風呂も入らずに自分の部屋で寝てしまって。だからどこに行ったのか、尋ねることもできなくてね。翌朝から意識の混濁が始まった。あたしのことも自分のこともわからなくなったの」

「だから木村さんは、お母さんがここに来て何をしたのか、知らなかったわけですねえ」

鴨志田は頬の傷を、とんとんと指でたたいた。

「教えてくれれば良かったのにね」

夏美は自分で言って笑いそうになった。

「そうよ。そうすればこんなことにはならなかったのに」

鴨志田が言う。

「でも可奈さんへの手紙には、誰にも言わないって書いてありました」

「そうね、あたしにも言わないつもりだったんでしょうね。もともと母は一度も上田にいた頃のことを話そうとはしなかった。私に思い出させたくなかったのだと思う」

「それからはもうお母さんと会話はなかったんですか」

「意思の疎通はなかったけど、時折記憶が戻ることがあったわ。可奈、可奈って妹の名前を繰り返し呼んだ。そうかと思うと、圭一郎を殺してやる、と何度も叫ぶの」

「そうでしたか」

「母の気持ちは痛いほどわかった。あたしも同じ気持ちだったから」

圭一郎にされたことは夏美の心にも消えない傷になって残っていた。フラッシュバックのように蘇った。そのたびに心臓を鷲づかみにされたように動けなくなった。

母の枕元で夏美は圭一郎を殺すことを誓ったのだ。母を成仏させるために、悪夢のような記憶を消し去るために、可奈を助けるために。

夏美は譫言《うわごと》を言う母に「お母さん、可奈はあたしが守るから」と約束した。

「そしてお母さんが亡くなられて、ここに引っ越したんですねえ」

「引っ越す前に下見に来たわ。可奈がいないのに越してきても意味がないから。そのときはなんとかして可奈を探そうと思った。でも昔の家は変わらずに残っていて、表札には圭一郎と可奈の名前があった」

家を目の前にしたとき、自らの忌まわしい記憶を思い浮かべた。夏美が逃れた蜘蛛の巣に今も捕らわれている妹を想像して、怒りで胸が張り裂けそうになった。一分一秒でも早く、圭一郎を殺してやりたかった。

「それから部屋探しを始めた。引っ越してきた日に可奈の家に行って挨拶をした。鍵が交換されていないのを見て、うまくいくと思った」

南原がしんみりと言う。

「可奈さんと会うのは十五年ぶりですよね」

「可奈のことは知らない振りをした。黙ってると涙が出ちゃうから、あたし、タオルを渡してぺらぺら喋ったなあ」

「お姉さんだと名乗っていれば、違っていたでしょうねえ」

夏美は鴨志田の問いにかぶりを振った。

「さっき言った通りよ」

悪魔のような圭一郎の元に可奈を一人、置き去りにして、自分は母親の愛情を独り占めして暮らしていた。今さら姉ですと名乗れるわけがない。

「それにあたしが圭一郎の孫だったらカモさんはどう思った。あたしが引っ越してすぐに圭一郎が殺されたら、警察は間違いなくあたしを疑うでしょう」

「ああ、そうでしょうねえ」

可奈の将来を見守っていくためにも逮捕されたくはなかった。近所づきあいから始まって、少しずつでも仲良くなれたらいいと思っていた。進学、就職、結婚、子育て……。可奈の成長を不自然に思われないように近くで見ていたかった。

いつか可奈の生活が落ち着いたとき自分がまだ近くにいたなら、そのときには姉だと名乗っても許されるだろうか、と想像もした。

「昼間に忍び込んだのは大胆ですねえ。誰かに見られると思わなかったんですか」

「可奈がいないときにと思ったのよ。もし見とがめられたら引っ越しの挨拶って言えばいいと思ってた。この辺りは人目がないから、その心配はいらなかったけど」

「圭一郎さんが留守にしている可能性もあったわけですよねえ」

「そんなことがないように、引っ越してから一週間、双眼鏡で毎日あの家を見ていた。だけど圭一郎は一度も見かけなかった。外出する習慣はないと思ったわ。介護のデイサービスとかのお迎えもなかったしね」

夏美はため息を漏らした。

「そりゃそうよね。圭一郎は床の下で骨になっていたんだから」

誰も答えなかった。鴨志田は一呼吸置いて聞く。

「……今日、実行することはいつ決めたんですか」

「圭一郎が出かけないとわかったから、今週中に必ずと思ってた」

夏美は何も貼ってない壁を見つめる。

「でも今朝のニュースで明後日、雪が降るかもしれないって聞いて焦ったわ」

南原が「雪ですか」と聞いた。

「雪が降ったら、足跡とかいろいろ大変でしょ」

鴨志田は窓の外に目をやる。

「可奈さんが家に戻ったときに、木村さんの足跡が残っていることになりますからねえ」

「だからニュースを聞いて、今日やろうと決めた。それで上田駅の近くにあるホームセンターに買い出しに行ったの」

「買い出ししている間に小堺さんが来たんですねえ」

「そういうことよね。戻ったときに可奈の自転車がなかったから、学校に行ったと思って一度ここに帰って支度をしてから家に入った」

夏美は襖を開けたときのことを思い出した。

寝ている圭一郎の首の下にそっと紐を通したとき、幼い夏美の前に立ち塞がる圭一郎の酒臭い息を思い出した。押し入れに隠れて息を潜めていたこともあった。それでも見つけられた。

本当は夏美がそうされたように毎日、苦しみを味わわせてから殺したかったが、ひとおもいに首を絞めた。

ことが済んで夏美は身体が軽くなるのを感じた。身体のあちこちから下がっていた鉄の塊が消えたようだった。自分の勇気と行動を褒めてやりたかった。

しかし目の前で動かなくなった男は圭一郎ではなかった——。


「南原ちゃん、お願いしてもいいかな」

「はい、なんでしょう」

「このエプロン、後で可奈にあげてほしいの」

夏美はエプロンを脱いだ。

「わかりました。きれいなヒマワリですね」

「これね、母が着けていたエプロンなのよ」

「そうだったんですか」

夏美は黄色いエプロンをきれいにたたんで、テーブルに置いた。

もう夏美が好きな暑い夏は巡ってこない。

「木村さん、そろそろ署に行きましょうか」

鴨志田に声を掛けられた。夏美はまたひとつ、咳払いをした。

「カモさん、水を飲んでもいいかな。喉が渇いちゃって」

「どうぞ」

夏美は立ってキッチンに入った。冷蔵庫を開けて天然水のペットボトルを出した。キャップを開けてコップに注ぎながら、左手で引き出しを開けた。

「木村さん、それ、なんのクスリですか」

クスリを飲もうとした手を鴨志田が後ろから押さえた。

「放して」

夏美は鴨志田を突き飛ばそうとしたが、逆に腕を摑まれた。

「夏美さん、駄目」

南原に後ろから抱きすくめられる。

「ああああ」

獣のような声が喉から迸《ほとばし》る。

「木村さん、落ち着いて」

夏美はキッチンの床に崩れ落ちた。南原が耳元で大声を出す。

「夏美さんは一人じゃありません。妹さんが、可奈さんがいるじゃないですか」

鴨志田が目の前に膝をつく。

「まだ木村さんは若い。罪を償えば、可奈さんと二人でやり直せる」

自分の泣き声が遠くで聞こえるようだった。

第五章　この手紙は諸刃の剣だ

1　【山咲可奈】

可奈は長野地方裁判所の建物を出た。入り口の階段を下りると、ピンクの花びらが足元に舞い落ちる。桜並木が敷地を出るところまで続いていた。もうすぐ四月、可奈は高校三年生になる。

「可奈さん」

振り向くとスーツを着た男が手を上げている。人懐こそうな笑みを見て誰だか思い出した。鑑識官の制服姿以外は見たことがなかったから、わからなかったのだ。

「鴨志田さん、ご無沙汰しています」

「お姉さんの公判、すべて終わりましたねえ」

関西弁に似た不思議な抑揚を聞くと、昨年末のあの日が思い出される。

小堺悠人の殺人罪で起訴された夏美の裁判はすべての審理を終えて、判決宣告を待つのみとなった。

「素人の人が姉を裁くんですね。私、裁判員裁判なんて名前だけしか知らなくて」

可奈は裁判官の両脇に三人ずつ座った裁判員の戸惑うような顔を思い出した。ごく普通の一般人だった。長野県では裁判員裁判はこの長野地裁か松本支部でしか開かれないと聞いた。

「うん、殺人のような重罪は選ばれた一般市民が裁判員になるんです。市民感覚を反映するためにねえ。もちろん裁判官が指導するけど」

「鴨志田さんも傍聴していたんですか」

「担当した事件ですからね」

鴨志田は気がついたように周りを見た。

「ちょっと座ります?」

木陰のベンチを指差した。可奈は頷いて一緒に歩いた。

「裁判って、いつもこんなに人が見に来るんですか」

鴨志田が腰を下ろしながら首を振って見せた。

「特別です。この事件は注目されてるから」

可奈はニュースを見ないようにしていたが、それでも時折目に入ってしまう。

年金受給者になりすました小堺悠人が、本来の受給者である山咲圭一郎と間違えられて殺された。しかも圭一郎もまた数年前に殺害されていた。圭一郎を殺したのは失踪していた義理の娘である奈緒子。そして小堺を殺害したのは奈緒子の娘である夏美。そしてその夏美は毒を飲もうとした。

マスコミはこのネタに飛びついた。可奈の家には記者が押しかけて、耕介巡査が立ち番をするほどだった。騒ぎは年が明けるまで続いた。ネットで事件の背景にヤングケアラーが絡んでいるという情報もあったようだが、可奈のことはどの記事にも出ていない。

小堺のBMWには左の前輪近くに傷跡があり、可奈の自転車の塗料が付着していた。そして三村という隣人の主婦がその日、小堺の家に訪れた少女を目撃していた。三村はココアが吠えていたから気になったのだろう。とにかくその二つから可奈の話したことの裏付けが取れた。

可奈がした行為は死体遺棄と年金を不正に取得した詐欺の罪にあたるのだが、少年法に基づき刑事罰を科せられることなく、保護観察処分になった。それらのことは報道することを禁止されている。

二人はベンチに並んで腰掛けた。

「可奈さん、証言、お疲れさまでした。立派でしたよ」

可奈は弁護側の証人として証言をした。施設から引き取られてというもの、ずっと圭一郎から性的虐待を受けてきた。その悪夢のような日々を隠さずに話した。

可奈は終始、前を向いて胸を張っていた。傍聴席からすすり泣きが漏れ、主婦らしい裁判員はハンカチを目に当てた。可奈の証言は裁判員の心証を、同様の目に遭った夏美の情状酌量に大きく動かすはずだ。

夏美が自殺しようとしたことも罪を悔いている証として捉えられているようだった。可奈は膝に両手を置いた。

「鴨志田さん。姉の自殺を止めてくれて、ありがとうございました」

鴨志田は片手を振った。

「薬局で調剤事務をしていたって聞いたから、気をつけていたんです」

鴨志田が注意していなければ夏美はこの世にいなかっただろう。可奈はもう一度頭を下げた。

「いろいろとお世話になりました。学校にも来ていただいたそうで、すいませんでした」

庄司から、鴨志田と飯沼が校長宛に訪ねてきて、事件のことを説明したと聞いた。

「校長も庄司先生も可奈さんの事情をよく理解してくれましたよ。庄司先生はね、自分たちが教育現場で何かできることはなかったのかって、とても反省していた」

庄司はソーシャルワーカーと一緒に、可奈の家を訪ねた。可奈が学校で疎外されることのないよう、あらゆることに気を配ると力説した。最後は登校すると言うまで帰らないと玄関の上がりかまちに座り込んでしまった。

「鴨志田さん。私が事件のせいで学校に通えなくならないように、何度も頭を下げてくれたんですよね。先生からそう聞きました」

可奈は退学になるかもしれないと思っていた。鴨志田は首の後ろに手をやる。

「いや、それも仕事のうちだから。じゃあ問題なく通えているのかな」

「はい、クラスメートはむしろ好奇心の塊になってるみたいです」

「傍聴席の前の方に坊主頭が見えたけど、あれは吉沢君かな。可奈さんのファンの子ですよねえ」

「なつかれて困ってます」

可奈は冗談めかして言った。可奈が事件の後で登校したとき、穂乃香と吉沢は何も聞かずにクラスメートから可奈を守ろうとしてくれた。それが嬉しかった。ところが誰も可奈をいじめたり、心ないことを言ったりしないので、二人は拍子抜けしたそうだ。

穂乃香の家には何度か行って、毛むくじゃらの犬と遊ばせてもらった。可奈は保護観察になった理由を話したが、穂乃香は「おっす、了解」とだけ言った。

「良かった。いい人たちに囲まれているみたいで」

可奈は本当にその通りだと思った。

「鴨志田さん。そういえば長野の連続強盗殺人犯、捕まって良かったですね」

逮捕されたのは暮れも押し迫った二十七日、年末年始休みに入る前日だった。学校ではそれが大きな話題になり、「よし、善光寺に初詣に行こう」と盛り上がる生徒もいた。

「うん。別件で逮捕されていた男のDNAが、長野市の殺害現場に残されていたものと一致してね。僕らも安心して年が越せましたよ」

可奈はその犯人に疑われた男のことを思い出した。

「有馬さんはどうなったんですか」

「服役してますよ。ニュースで見なかったかな」

「見ないようにしてるので」

「ああ、そうか。ええと、有馬は小堺さんが示談のために用意した二百万円を盗んだ窃盗罪が確定し、前科があったために服役中です」

鴨志田はニュースを読み上げるように言った。

「有馬はね、示談書に可奈さんの署名が入っていなかったから、可奈さんが二百万円のことを知らない可能性があると思って黙秘していたんです。でも可奈さんはお金を見たんですよねえ」

「はい。示談書と一緒に」

「その場合も有馬は考えていた。あの家に二百万円があったら盗んだと疑われるのは殺人犯だ。犯人が逃げおおせれば、有馬の窃盗罪も一緒に被ってくれるのではないかってねえ」

「悪い人ですね」

「飯沼も、なんという小ずるい奴だって呆れてたなあ」

可奈はイーさんの顔を懐かしく思いだした。

「窃盗だとすぐに出てきてしまうんでしょうか」

「いや、有馬が逮捕されたというニュースが流れた数日後に、長野市の主婦が夫に伴われて警察署を訪れたんです。有馬に脅迫されて金を払ったって」

「脅迫ですか。盗まれたんじゃなくて？」

「その主婦は実業家の夫とネットで知り合った当時、ええと……いかがわしいところで働いていたんです」

可奈は頷いた。

「結婚式に招待する客に困って、有馬にサクラを頼んだそうです。例のサクラバイト」

可奈は「はい」と呟く。

「有馬はコロナが流行する前は、多くの結婚式にサクラを派遣していたらしい。有馬の稼ぎの種にしていたイベントは結婚式だったわけです。顧客リストのほとんどは結婚式のお客さんだった」

「そうだったんですか」

「脅迫された人は、まだまだいるだろうなあ。だからそんなに早くは出てこられないと思います」

「良かった。家が知られてるから、ちょっと不安だったんです」

「なるほど、それは迂闊《うかつ》だったな。有馬が出所するときに、妙な気を起こさないように釘を刺しておきますよ。耕介にも可奈さんの家のパトロールをさせますからねえ」

「ありがとうございます」

可奈は少し気が楽になった。

「鴨志田さん。私、不正受給した年金を少しずつでも返済して、罪を償った姉と暮らします」

「夏美さんもそれを望んでいると思いますよ」

「私が小堺さんにあんなことを頼まなければ、姉が間違うこともなかったんです」

鴨志田は何も言わなかった。可奈はベンチから腰を上げた。

「それじゃ鴨志田さん。これで失礼します」

鴨志田も立ち上がった。

「うん、がんばって」


「山咲可奈さんね」

女性の声に二人は振り向いた。

「あなたは……」

「鴨志田さん、その節は」

紺のジャケットにスカートを着た女性は、鴨志田に軽く頭を下げてから、可奈を見据えるようにした。

「初めまして。私は小堺樹。殺された悠人の娘です」

可奈の身体を電気が走り抜けた。頭を深く下げる。

「申し訳ありませんでした」

樹という人も裁判を傍聴していたのだろう。可奈は自分の証言のことばかりに頭がいって、小堺の家族に顔を合わせる可能性を考えていなかった。可奈は樹の父親を殺した夏美の妹。しかも事件のきっかけは可奈にある。殴られても文句は言えない。

鴨志田が可奈と樹の間に入るように一歩前に出た。

「樹さん、久し振りですねえ」

樹は頷いたが可奈から目を外さない。

「可奈さん、樹さんはね。大宮で塾の講師をしているんだけど、あの日は夕方から小堺さんの家に来ていたんですよ」

「ココアが怪我をしたっていうから心配になったのよ」

小堺に抱かれて動物病院に行ったココアは大したことがなかったそうだ。それなのに大宮から、わざわざ来るなんて。もし樹がもっと早い時間に上田に来ていたら、小堺が可奈の家に行くのを止めていただろう。

「警察が訪ねて来て本当にびっくりした。父に連絡がつかないから心配はしていたんだけど。父が誰かの身代わりになって殺されたって聞いても、何を言われているかわからなかった」

樹の言葉は可奈の身体を突き刺すようだった。

「可奈さん、ココアを知っているでしょ」

「犬が好きなので、公園でココアに触らせてもらったことがあります」

鴨志田がちらりと可奈の方を見る。

「そうなんだ。じゃあ小堺さんのことも前から知っていたんですねえ」

話す必要はないと思ったから黙っていただけだ。

「小さな街だから顔見知りでも不思議はない。でもすごい偶然よね」

樹は言葉を切って可奈の目を射すくめるように見る。鼓動が強く打つ。

「数日後に年金機構の職員が圭一郎さんを訪ねて来るってときに、同じ年格好の父と事故を起こすなんて」

「はい、偶然でした」

可奈は樹から目をそらさずに答えた。樹は「はっ」と笑う。

「身代わりが必要な数日前に事故が起こるなんて、都合が良すぎるって言ってるの」

「樹さん――」

「私、見たのよ」

会話に割って入ろうとした鴨志田は樹に遮られた。

「BMWのドライブレコーダーの映像をね」

ドライブレコーダー？

樹は可奈の表情を窺っている。

「あなた、自分から父の車にぶつかったのね」

「そんな。私はぶつけられたんです」

可奈は叫ぶように言った。

「ちょっと待ってくださいよ」

　鴨志田が止めに入った。

「樹さん。ドライブレコーダーのデータは消去されてましたよ。前方も後方も。それは小堺さんが証拠を処分しようとしたからです。それともデータをミニディスクからどこかに保存していたということですか」

「鴨志田さん、少し黙っていてくれる」

　樹は腕を組んだ。

「事故があった日、父がココアを連れて行った動物病院は、あなたがいつも買い物に行くスーパーの隣にあった。圭一郎さんの代わりになるお年寄りが見つからずに困っていたあなたは、見知った父が病院に駆け込むのを見て、身代わりを頼めないかと思いついた」

　樹は見てきたように話す。今度の事件のことを相当、調べているのは間違いない。

「でも、普通に頼んでも詐欺の共犯をしてくれるわけはないわよね。頭の良いあなたは父が拒めないようにするにはどうしたらいいかと考えた。それで父の車と事故を起こすことにした。軽くぶつかって、転んで怪我をした振りをするつもりだったんでしょう。あなたは示談にする代わりに、父に圭一郎さんになりすましてもらおうとした」

　鴨志田は手を上げた。

「樹さん。お話の途中ですいませんがねえ、本当に可奈さんが自分からぶつかったような映像を見たんですか」

「そうよ。すべてはこの子が計画したことなのよ。でも予想外のことが起きた。父は事故の現場から逃げてしまった」

可奈は口を開いた。

「すいません。その映像、見せてもらえませんか」

「見せてもいいの？　警察もいるのよ」

樹と可奈の視線がぶつかった。樹はふうっと息をつく。

「やっぱり性根の座った子だった」

樹は足の重心を移し変えた。

「うそよ」

「樹さん……」

鴨志田が呆れたような声を出す。可奈はそっと息を吐き出した。

「映像はどこにもなかった。父が消したのよ」

そのはずだ。小堺は可奈の家に来て示談の話をしたときに、ドライブレコーダーのデータはすべて消去したと言っていた。

鴨志田は聞いた。

「じゃあ今のは樹さんの想像なんですねえ」

「事故があったっていう現場に夜、行ってみた。街灯もなくて人通りもほとんどなくてね」

「それは現場検証に立ち会ったから、わかってますよ」

「自転車は左の路地から出てきたんでしょ。あれじゃあドライブレコーダーがあったって、はっきりしたことはわからない。可奈さん、あなた、そういう場所を選んだんでしょ」

「何を言っているのかわかりません」

可奈は慎重に答えた。

「ココアの散歩の行き帰りも見てただろうから、父の家の方角も知っていたわよね」

樹は無言の可奈を意に介さずに話し続ける。

「BMWに乗っていたから、新しく区画整理された分譲地に住んでることは想像がついていたかもしれない。だからあの路地で父の車が通るのを待ち構えていたのよ」

鴨志田は少し強い口調で言った。

「樹さん。それはもう言いがかりですよ」

「このくらい想像してもバチは当たらないでしょ。この子が身代わりを頼まなければ父は殺されなかったんだから」

「それは……本当に、申し訳ありません」

可奈はまた頭を下げた。

「父はあなたに陥れられた。父にはなんの非もないのよ。ただ普通に車に乗っていただけじゃない」

可奈は両手を握りしめた。指先が冷たい。証言台に立ったときもこんなことはなかった。

「人まちがいしたお馬鹿な姉さんは牢屋に入るわ。でも、あなたにはなんのお咎《とが》めもないわけ？そんなのおかしい。せめてここで私に土下座して詫びなさいよ」

胸の奥で黒いものが渦巻いた。可奈は下げ続けていた頭を上げた。鴨志田の広い背中があった。

「樹さん。想像でものを言うのは、やめましょう」

「小堺さんはお酒を飲んでいました」

鴨志田の肩越しに放った言葉に、樹は虚を突かれたような顔になる。鴨志田が振り向いた。

「可奈さん？」

「小堺さんは飲酒運転だったと思います。私が小堺さんの家を突き止めて、玄関で話したとき、お酒の臭いがしました」

可奈が小さい頃、圭一郎は酒臭い息をして襲いかかってきた。だからアルコールの匂いには敏感だった。

「小堺さんはすごく呼吸が荒くて、口で息をしていたせいだと思います」

小堺は酒を飲んで事故を起こした上にひき逃げをした。可奈はあのとき、小堺が可奈の提案を拒んだら飲酒運転を指摘して警察を呼ぶと言おうと思った。しかし小堺は驚きながらも、示談にしてくれるならと提案を受け入れた。

鴨志田と樹が沈黙しているのに気づいて可奈は我に返る。

余計なことを言った。小堺を貶《おとし》めることだから伏せておこうと決めていたのに、樹に責められてつい口が滑ってしまった。樹は腕組みを解いた。

ぶたれるかも。可奈は身体を硬くした。

樹はバッグからタバコを取り出した。

「やっぱりね」

「樹さん、やっぱりとは？」

鴨志田が尋ねた。

「父は真面目な人だった。それに本当は気が小さいの。人をはねてそのまま逃げ去るような人じゃない。ひき逃げって聞いたとき、私は何か理由があったと思った」

ゆっくりと煙をくゆらす。鴨志田はタバコが苦手なのか、一歩下がってまた可奈の隣に立った。

「私、父の家のゴミ箱にビールの缶があるのを見つけたのよ」

「それは別にあってもおかしくないですよねえ。事故を起こした日に飲んだとも限らないし」

「ビン缶用って書いた新しい分別袋にひとつだけ入っていたの。その日はちょうどリサイクルゴミの収集日だった。だから、ゴミを出した後に飲んだのは間違いない。父は家では飲まない人なんだけど、大きな仕事が終わったってときだけは特別でね。昼間からでもビールを飲むことにしてた。神聖な儀式なんだそうよ」

鴨志田が問う。

「あの日は特別な日だったんですか」

「父の葬儀に来た取引先の課長さんが話してくれた。父がコンサルタントをしている東京の会社の人でね。長い付き合いだって言ってた。あの日、父は二か月も掛けたレポートを納品したところだったそうよ」

「それでビールを飲んだんですか。しかし飲んだら運転はしないでしょう」

「ココアが出血して我を忘れたんだと思う」

「それにしたって」

「父は少し前から忘れっぽくて短気になったから認知症が始まっていたのかもしれない。子どもみたいなことを口走るようになったしね。私が心配すると、私の方がおかしいとか言い出す始末だったのよ」

「認知症ですか」

樹は父親の飲酒運転を認めている。不思議に思っていた可奈は気がついた。小堺は亡くなった。だからもう不名誉なことがあっても関係ないということか。

「免許を返納してって頼んでいたの。もっと強く言えばよかった。免許証は無事故無違反のゴールドだけど、最近の父の運転、横で見ていて怖くてね。注意力が落ちてるし、右折のウインカーを出したまま交差点を直進したこともある」

「それは危ないですねえ」

樹は煙を細く吐く。

「家の冷蔵庫に公安委員会からのはがきが貼ってあった。七十歳からの高齢者講習の案内よ。行くのをすごく嫌がってた」

「そういうお年寄りは多いですよ。講習には一時間の実車指導もありますからねえ」

「父は自分がビールを飲んで運転したと気づいたとき、初めて現実に否応なく向き合ったわけよ。自分が本当に老いつつあるという現実に。そして事故を起こした自分の人生は終わりだと思ったでしょうね。だからあの現場から逃げちゃったのよ」

樹は俯いた。

「逃げたからって何も殺されなくても、いいじゃない。ねえ」

可奈はいたたまれなかった。鴨志田はハンカチを差し出す。

「ありがとう」

樹は目尻にハンカチを当てた。

「老いたって言っても七十歳よ。まだまだ元気で生きられたのに。遊びだって仕事だって現役でやってる人はたくさんいる。運転さえしなければ心配ないのよ」

「人生百年時代ですからねえ」

「納品したレポートのことだけど、クライアントの社長さんにとても良い判断材料になったと評価されたみたいでね。また来年も契約更新するつもりだったって課長さんに言われたのよ」

「それは立派ですよ」

「父が逃げたのはあなたにとって好都合だったのよ」

樹はまた可奈に目を向けた。

「ひき逃げとなったらもう許されることじゃないから。父は身代わりでもなんでもやったでしょう。あなたに父は追い詰められたわけ」

樹は「お父さん、可哀想」と呟いた。

「わかってるのよ。故意にぶつかってきたとしても、父がひき逃げしたことに変わりはない。でもね」

樹は言葉を切った。

「うまくいった、隠しおおせたって思っていたら、それは間違いよ」

それきり黙ってしまう。可奈はずっと地面を見つめて、あの日のことを考えていた。

もっとうまく転ぶつもりだったが、手を挫いてしまった。小堺が逃げたのは予想外だった。腹が立って警察を呼ぼうと思ったが、それでは目的が果たせない。怖さを押し殺して車にぶつかった意味がない。

手首を庇いながら小堺の家に向かった。絶対に逃がさない、必ず圭一郎の代わりになってもらう。それだけを思い定めていた。

鴨志田が「樹さん？」と声を掛けた。樹の感情を押し殺したような声が聞こえる。

「それとね、もう一つ、どうしても言っておきたいことがある」

可奈は顔を上げて身構えた。

「私、父が死んで泣いたわ。あんなに涙が出るなんて思わなかった」

可奈はうなだれるしかなかった。

「それはね、父と暮らした年月があったから。子どもの頃からの思い出が、本当にたくさんあるの。そんなに仲が良かったわけじゃないのよ。反抗もしたし口をきかない時期もあった。離婚してからは離れて暮らすことになったし」

樹の呼吸が荒い。

「父は三年前に心臓が痛いって言ってね。冠動脈バイパス手術を受けたの。わかるかな。危なかったのよ。それからは一人で暮らしているのが心配になったし、少しでも長生きしてほしいと思うようになった」

鴨志田が言っていた胸の古傷は、その手術の痕だったのか。

「私には父との思い出がたくさんあるの。その父がもういない。父の顔や声を思い出すたびに、どうしようもなく涙がこぼれる」

可奈は足元に落ちた花びらを見つめるだけだった。

「あなたは違うわよね」

可奈は顔を上げた。樹が何を言おうとしているのかわからない。

「あなたのお母さん、奈緒子さんよね。奈緒子さんが圭一郎さんを殺したのに、あなたは警察に通報しなかった。お母さんを庇ったたって聞いたわ。お母さんが可哀想だからって」

「そうです」

「それを聞いておかしいと思った。だって、あなたにはお母さんの記憶がないんでしょ。生まれてすぐに捨てられて、ずっと放っておかれて。そんなの母親とは言えないじゃない。赤の他人より悪いわ。あなたにほんの少しでも愛情を感じていたら、そんなひどいことをしないわ。違う？」

樹の一言一言が、可奈の胸を抉《えぐ》った。再び可奈の胸に黒い渦が湧きおこる。

「そんな母親に愛情を感じるわけがない。顔も知らなければ抱かれたぬくもりも覚えていないわけよね。私なら何も迷わずに警察に通報したわ。母親を殺人者にしたくないだなんて、うそくさくて笑っちゃうわ」

鴨志田がまた前に出た。

「樹さん、お気持ちはわかりますが――」

止める間もなく可奈の喉元に言葉がせり上がってきた。

「樹さんの言う通りです。私は母を庇ったりしない」

鴨志田と樹が可奈を見つめる。

何を、私は何を言ってるんだ。

可奈は慌てて顔を伏せた。また樹の冷たい声が降ってくる。

「だったら母親のためになんて、きれいごとを言わないでよ。親への愛情なんかなかったくせに。そう言えば周囲の同情を買えると思ったのよね。あなたは全部、計算ずくなんでしょ。むかつくのよ」

「……本当に申し訳ありません」

「樹さん、もうやめましょう。可奈さんはまだ高校生なんです」

樹は大きく息を吐き出した。バッグから車のキーを取り出す。

「言いたいことは言ったわ」

樹は手のひらのキーを眺めた。キーにはＢＭＷの青と白が交互になった円のエンブレムがついている。

「この車、もっと早く私がもらっておけば良かった。貸してくれと頼んだんだけど、警戒されちゃったみたいで」

「小堺さんは、貸したら返ってこないと思ったんじゃないですか」

「そうね。でもそうしていたら死なずに済んだのよ」

樹は可奈を見た。

「しっかり更生しなさい」

可奈は駐車場に歩いて行く樹を黙って見送った。ＢＭＷが裁判所の敷地を出て行く。可奈は鴨志田を振り返って、その顔から表情が消えているのに気がついた。何かを考えている顔だ。

「鴨志田さん、私、バイトがあるので」

鴨志田は頬の傷跡を指でなぞって、ぼそりと言った。

「そうかな、とは思っていたんだけど、やはりお母さんを庇ったわけじゃなかったんですねえ。可奈さんが警察に通報しなかったのには、もっと大きな別の理由があったんでしょう」

可奈は立ち去りたいのに、足が根を生やしたように動かない。

「通報しなかったのではなく、通報できなかった」

鴨志田の視線が可奈に突き刺さるように鋭くなり、すぐにいつもの穏やかな顔に戻った。

「いや、これは僕の想像です。圭一郎さんの事件は終わっていますから」

「……失礼します」

可奈はおじぎをして出口に向かった。桜の花びらが一枚、目の前を飛び去った。

2

【山咲可奈】

可奈は歩き続けていた。長野駅に向かうのだから、来たときと同じように隣の検察庁前にあるバス停から市街を循環するバスに乗れば良かった。でもバス停で待つ気にはならなかった。

じっとしていたら、しゃがみ込んでしまっただろう。樹に指摘されたことが頭を離れない。余計なことを口走ってしまったことを悔やんだ。

クラクションの音。可奈は我に返った。赤信号の横断歩道を渡るところだった。信号が変わり、鳥のさえずりが流れたが遠くにしか聞こえない。可奈の耳がおかしいのだ。可奈は電車が通り過ぎるホームにいるような轟音の中にいた。

信号を渡ったところは善光寺の参道の入り口だった。可奈は何も考えずに本堂に向かって歩いた。鴨志田にはバイトだと言ったが、裁判の日だからシフトは入れていない。

「通報しなかったのではなく、通報できなかった」

あの鴨志田の言葉。鴨志田は可奈の「私は母を庇ったりしない」という不用意な一言で、真実に気づいてしまっただろうか。いや、薄々気づいていたのかもしれない。

だが圭一郎の殺害事件については鴨志田の言った通り、終わっている。加害者の奈緒子が死んでいるし、家族の間で起きたことだから告訴もなく立件されなかった。

それにもう三年前のことだ。鴨志田が何を想像したとしても、それを裏付ける証拠はない。

可奈は仁王門をくぐった。

もうあの事件を掘り返す者などいない。可奈は自分に言い聞かせたが、それでも身体を包み込む轟音は消えない。その正体は三年前、圭一郎が死んだあの日の記憶だ。可奈の頭の中で、封印したはずの記憶が出口を求めて暴れている。

目の前に本堂があった。少しの間、国宝に指定されている荘厳な建物を見上げる。

可奈はお堂の階段に足を掛けた。仏に縋《すが》るという気持ちが初めてわかった。仏の前で、あの日のことを吐き出したら楽になれると思った。

観光客が賽銭を投げていた。外国人がぎこちなく手を合わせている。可奈は左の隅に邪魔にならないように立った。両手を合わせて目を瞑る。音が消えていく。

可奈は二階の部屋から階段を下りた。古い床板がみしみしと鳴る。階段の小さな電球だけが辺りを照らしていた。圭一郎の部屋の前で深呼吸した。しばらく自分の心と向き合ったが、決心は変わらない。襖に指を掛けた。

圭一郎は眠り込んでいた。可奈に乱暴した後はいつもこうだ。でも今日でそれも終わりだ。圭一郎は二度と目を覚ますことはないだろう。

壁際に碁盤があった。両手で碁盤の足を摑んだ。ずっしりと重い。小学生の頃の可奈には持てなかったが、中学生になって可奈は成長した。身長も伸び、力も強くなった。逆に圭一郎は老いが始まっていた。

私にはできる。必ずやってやる。

碁盤を持って圭一郎の枕元に立った。目を閉じた圭一郎の寝息が聞こえる。可奈は両手で碁盤を高々と振り上げた。一瞬もためらわなかった。

碁盤の鋭い角を圭一郎の頭めがけて思い切り振り下ろす。

可奈はしばらくの間、圭一郎の死体を放置した。死体を布団に寝かせたまま通学していた。圭一郎は即死だった。復讐を果たした可奈は途端に呆けたように何も考えられなくなってしまった。スイッチが切れたようだった。

その冬は寒さが厳しかった。暖房を入れない圭一郎の部屋は冷え切っている。夜間には氷点下になることもあったから腐敗は進まなかった。隣の家とは距離が離れているので、少しくらい異臭がしても気づかれなかっただろう。

可奈は死体の処理という問題から目を背けていた。

母の奈緒子が現れたのはそんなときだった。

学校から家に帰り、『可奈へ』と書かれた封筒を見つけた可奈は息が止まった。手紙を読んで、奈緒子が圭一郎から可奈を救いに来たことを知った。

「遅いよ」

可奈は死体のある冷たい部屋で呟いた。

可奈は思いを巡らせた。自分が殺すつもりだった「鬼」の死体を目の前にして奈緒子は、何を思ったのか。

殺されたことは死体の頭の傷を見れば一目でわかる。奈緒子は可奈が圭一郎に復讐をしたと悟っただろう。

奈緒子は、自分と娘を苦しめた圭一郎が死んだことに満足したはずだ。恨みの深さは、手紙を読めばわかる。

本来ならば自由な学校生活を謳歌しているはずの可奈が圭一郎に苦しめられ、挙げ句の果てに殺してしまったという事実に打ちのめされたかもしれない。

生まれたばかりの可奈を置き去りにしたことが、可奈の無間地獄を招いた。その悔恨に身を焼かれたかもしれない。

圭一郎を自らの手で殺すことはできなかった。奈緒子はその代わりに、可奈が圭一郎を殺した罪を被ることにした。だから手紙を死体の枕元に置いた。可奈を捨てた罪滅ぼしのつもりだったのだろう。

しかしこの手紙は諸刃の剣だ。

いつの間にか、可奈の頭の中の霧が晴れていた。思考停止状態になっていた可奈に再びスイッチが入った。

しっかりしろ、可奈。頼れるのは自分しかいないんだ。

可奈は自分を捨てた母親を許せると思ったことは一度もない。顔も見たくない。可奈の身に起きた不幸は何千何万遍謝っても償えるものではない。

可奈は警察に手紙を見せなかった。それは奈緒子を庇うためではない。施設に戻りたくないいからでも年金がほしかったからでもない。それらはすべて後付けの理由だ。

それより重大な別の理由があった。

可奈が奈緒子の気持ちに心を動かされて、手紙のとおりに警察を呼んだらどうなるか。もちろん圭一郎の死体は調べられる。厳寒の冬でも、死んでから何日か経っていることはわかるはずだ。物盗りの仕業だと言っても、犯行から数日間、可奈が通報しなかったことの説明ができない。

だからと言って奈緒子の手紙を見せたら、警察は奈緒子の行動を確認するだろう。奈緒子が岡山から新幹線に乗って上田に来た日が、圭一郎が死亡した日の後だということもすぐに明らかになる。

すると奈緒子は犯人ではあり得ない。では圭一郎を殺したのは誰かという話になってしまう。次に疑われて追い詰められるのは可奈だ。奈緒子はそんなこともわからなかったのだ。笑いたくなった。

つまり手紙は無効だ。無効どころか警察の目を可奈に向けるだけなのだ。

圭一郎の死体と奈緒子の託した手紙を前にして、可奈はどうしたら自分が罪に問われないかを考えた。そして思いついたのが、圭一郎の死体をいったん隠して、年金をもらった後に失踪したことにする、というプランだった。

死体が腐り、骨になって死亡推定日が正確に特定できなくなったとき、奈緒子の手紙は初めて有効になる。

それから数年が経ち、もう手紙を使うことはないかもしれないと思い始めていたときに今回のことが起きた。可奈の目論見通り、鴨志田たちは奈緒子の手紙に心を打たれた。

『可奈、もうあなたは自由です。幸せになってください』

奈緒子のその言葉だけは覚えていた。

幸せになってみせる。

そしてもう二度とあの日のことは思い出さない。私は前を向いて生きていく。

可奈はゆっくりと目を開けた。胸の前で合わせた両手に温かい血が通っていた。

エピローグ【？】

「こぉー、こぉー」

自分の息づかいが暴風のように聞こえる。口で呼吸をしていた。息を止めて耳を澄ませる。近くの道を走る車のエンジン音が聞こえるが、家の中は物音一つしない。

誰もいない、誰も見ていないと自分に言い聞かせる。廊下に立って襖《ふすま》を少しだけ開けた。部屋は薄暗い。畳の部屋には布団が一組敷かれただけだ。身体が入れる分だけ襖をそっと滑らせる。蛍光灯は点いていない。窓には厚いカーテンが引かれている。

掛け布団は身体の形に膨らんでいる。端から覗いている顔をじっと見下ろした。

音を立てないように部屋に入り、後ろ手に襖を閉めた。

日本音楽著作権協会（出）許諾第 2500526-501 号

【著者】酒本歩（さかもと・あゆむ）
長野県生まれ。早稲田大学政経学部卒。会社員、経営コンサルタントを経て 2016 年、かつしか文学賞優秀賞受賞。18 年、『幻の彼女』で島田荘司選 第 11 回ばらのまち福山ミステリー文学新人賞受賞（応募時タイトル『さよならをもう一度』）。19 年、同作でデビュー。他の著書に『幻のオリンピアン』、『ロスト・ドッグ』など。

ひとつ屋根《やね》の下《した》の殺人《さつじん》

●

2025 年 3 月 14 日　第 1 刷

著者…………酒本《さかもと》 歩《あゆむ》

装幀…………岩郷重力（wonder works）

発行者…………成瀬雅人
発行所…………株式会社原書房

〒 160-0022 東京都新宿区新宿 1-25-13
電話・代表 03（3354）0685
http://www.harashobo.co.jp
振替・00150-6-151594

印刷…………新灯印刷株式会社
製本…………東京美術紙工協業組合

ISBN978-4-562-07512-6, Printed in Japan